KUWEI
酷威文化
图书　影视

DEADEYE DICK

神 枪 手 迪 克

[美] 库尔特·冯内古特　　著

刘韶馨　　译

四川文艺出版社

献给吉尔

目 录
Contents

谁是西莉亚？她是做什么的？

为何所有倾慕于她的人都对她啧啧称赞？

——奥拓·沃茨（1892—1960）

序　言

　　"神枪手迪克"是一名船员的绰号，就像有人叫"藤壶贝尔"一样。这个词（Deadeye）的本意是在老式帆船上用绳子或铁链拴着的圆形木托，木托上有圆孔以便船桅的横索或支索这类绳索穿过。不过在我还是青少年时，美国中西部的人一般用这个词赞美枪法精准的人。

　　这个词和肺鱼一样同属"两栖类"，生于海洋，但也能适应陆地的生活。

　　本书中有几道食谱或许会让你垂涎三尺，你能在《詹姆斯·彼尔德的美式烹饪》、马赛拉·哈赞所著的《经典意大利菜烹饪书》以及比·桑德拉所著的《非洲美食烹饪》中找到原型，我在书里稍微做了些改进，因此你们不能把这部小说作为烹饪食谱来用。

　　当然啦，对于那些认真对待烹饪的厨师而言，他们总能在自己的藏书中找到相应的靠谱的原型。

＊＊＊　　＊＊＊

本书中提到的奥洛佛逊豪华酒店是真实存在的，就位于海地的太子港。你们肯定会像我一样喜欢它。我和我的妻子吉尔·韦文氏去的时候住在那个被称作"詹姆斯·琼斯 [①] 的小屋"里。1915 年至 1934 年间，一旅美国海军部队为维护美国金融权益而占领海地，这间酒店便是他们的大本营，而我们住的这间屋子彼时被用作手术室。

如今这座简朴的木屋像酒店其他建筑一样，外部以拼图姜饼的样式重新装修，造型别致，设计新颖。

顺便一提，海地的货币古德是以美元为基准的，古德的汇率随着美元的汇率变化而变化，美元在当地也是流通的。不过海地到目前为止似乎并没有淘汰破旧纸币、投放崭新纸币的计划，因此当地人会用非常严肃的态度，像对待一张珍贵卷烟纸一样，对待一张已经磨损得和邮票一样大的一块钱。

几年之前，我离开海地回到家中，在钱包里发现一张这样的纸币，我把它寄给了奥洛佛逊酒店的拥有者阿尔和苏赛茨夫妇，希望让这张纸币回归到它自然流通的环境并得以存活，在纽约这样的地方它一天也活不下来。

[①] 詹姆斯·琼斯（James Jones, 1921—1977）：美国小说家，代表作《乱世忠魂》（*From Here to Eternity*），讲述了一名美国拳击手在美军夏威夷军营服役期间发生在军队内部的种种丑闻和黑暗现象。该作品获得了 1952 年的美国国家图书奖。

*** ***

　　美国小说家詹姆斯·琼斯与妻子歌莉娅就是在"詹姆斯·琼斯的小屋"成婚的，那时候这间屋子还没被叫这个名字。我不胜荣幸能住在这里感受先人的文学气韵。

　　那里据说住着一个亡灵——不过不是詹姆斯·琼斯，而是另有其人。我们没见过它，据那些见过的人说，是一位穿着白色夹克的年轻白人，可能是医务兵之类的。酒店只有两个门，后门位于酒店主楼，前门则位于门廊尽头。据说这个亡灵从未在主楼或门廊上出现过，每每出现时总会沿着同样的路线行动：从后门进，在一件家具里寻找着什么（那件家具已经不在了），然后从前门离开，一穿过前门，它就消失了。

　　或许他曾在这间屋子还用作手术室时做过什么或者目睹过什么让他倍感不安的事，才会久久在此停留，不曾离开吧。

*** ***

　　本书中提到的四位画家是真实存在的，一位仍在世，另外三位已经往生了。在世的那位是我的朋友克里夫·麦卡锡，现住在俄亥俄州的阿萨森。往生的几位分别是约翰·雷蒂希 ①、

---

① 约翰·雷蒂希（John Rettig, 1855—1932）：美国画家，他毕业于辛辛那提艺术学院，师从于弗兰克·杜韦内克，曾居住在荷兰的一个小渔村，以画当地的自然和人文风景而出名。

弗兰克·杜韦内克①，以及阿道夫·希特勒。

克里夫·麦卡锡和我差不多大，出生地也离我的很近。他在艺术学校时，老师一直给他灌输一个观点：最糟糕的画家就是"折中派"，即这边借鉴点，那边拿来点。不过最近他在俄亥俄州立大学举办了个人三十年作品成果展，他说："我发现我其实一直都是'折中派'。"他这副做派很强势，也很可爱。我最喜欢的作品是《1917年艺术家作为新娘的母亲》。那是一年中某个温暖的好时候，他的母亲盛装打扮，并在众人的建议下，在划艇的船头摆好姿势以供作画。划艇停在一片静止而狭小的水面上（或许是一条小河的某段水面），河对岸的树木枝繁叶茂，而她正在船里开怀大笑。

约翰·雷蒂希是真实存在的人，本书中我为他设计的情节，是他的画作《受难的罗马》陈列在辛辛那提艺术博物馆。

弗兰克·杜韦内克在现实中也是真的画家，事实上我个人收藏了他的作品《小男孩的头》，那是我父亲留给我的宝贝，我曾一度认为这幅画是我的兄弟伯纳德的画像，画中的小男孩跟他真的太像了。

真实存在的另一位画家阿道夫·希特勒，一战之前在维也纳学习艺术，代表作是《维也纳的方济会教堂》。

---

① 弗兰克·杜韦内克（Frank Duveneck, 1848—1919）：美国画家、蚀刻家和教育家。他将十九世纪七十年代在慕尼黑流行的现实主义绘画风格引进美国。1890年左右，杜韦内克定居辛辛那提，在辛辛那提艺术学院教书。

＊＊＊　　＊＊＊

接下来我想解释一下本书中几项主要的象征。

书中有一家不受赏识的球状艺术中心，空荡而寂寥。它象征着我六十岁的脑子。

在我刚开始专职写作时，有很多我很关心的人不知所踪。他们都住在美国印第安纳波利斯，这座城还在，但是人不见了。书中有一段情景，讲的是一枚中子弹在人口密集的地方爆炸，说的就是这件事。

海地象征着纽约，就是我现在居住的地方。

故事的主人公是一名中性人药剂师，现实生活中我的性能力也在不断衰退；他在童年犯下的罪行也是我曾做过的所有坏事的象征。

＊＊＊　　＊＊＊

本书只是一部小说，而非历史，敬请读者切勿对号入座。比方说，书中第一次世界大战爆发时期，美国驻奥匈帝国大使是来自俄亥俄州的亨利·克洛氏，现实中彼时的大使则是来自康涅狄格州的弗雷德里克·考特兰·彭菲尔德。

在书中，我将中子弹描述得如一根黑魔法魔杖一般，杀人可谓"手起刀落"，但周围的建筑却丝毫未损，这源于第三次世界大战狂热分子的幻想。若中子弹真的在人口密集的地方爆炸，造成的毁灭性后果将会比我在书中描述的要惨痛得多。

我在书里借视角人物鲁迪·沃茨之口，对克里奥尔语做出了有偏差的介绍。书中说这种语言是一种法语的方言，只有一种时态，就是现在时。其实，只是对于初学者来说，克里奥尔语看起来只有现在时，特别是当那些讲克里奥尔语的人因为觉得现在时是最容易学的一种时态，而只用现在时跟初学者聊天时。

要心平气和。

——库尔特·冯内古特

神枪手迪克

1

敬告还未出世的生命，敬告混沌虚无的灵魂：留心生活。

我抓住了生命，来到了人间。我曾是一缕混沌的虚无，突然出现了一个"小孔"，光和声音都透过它倾泻进来。这些声音开始描述我和我周围的环境，但没有一句是我感兴趣的。他们告诉我，我是一个名叫鲁迪·沃茨的男孩，当下是1932年，我身在俄亥俄州的米德兰市……

这些声音就没有累的时候，他们年复一年地念叨着，任何细节都不放过，至今仍在絮叨。你知道他们现在说的是什么吗？他们对我说，现在是1982年，我已经五十岁了。等等。

* * *　* * *

我的父亲叫奥拓·沃茨，他的"小孔"是在1892年出现的。

那些从"小孔"传进来的声音告诉了他好多事，其中一件事是说，他生于富贵人家，家里是通过制造一种名叫"圣艾蒙的灵丹妙药"的假药发家的。这种药用乙醇染成紫色，用丁香与菝葜根来调味，并掺入鸦片和可卡因。当时还有这么一个笑话：

完全无害，除非停药。

我父亲是土生土长的米德兰人，家里的独子。他的母亲，也就是我祖母，莫名其妙地认定他会成为下一个李奥纳多·达·芬奇。在我父亲十岁的时候，祖母就在别墅后面的马车房[①]顶楼为他置办了一间画室，还请了一位痞气十足的德国木工当他的绘画老师。这位木工年少时在柏林学过绘画，他负责在我父亲放学后及周末时间教他素描和油画。

这对他们师生来说都是一桩甜蜜的勾当。老师名叫奥古斯特·巩特尔，属于他的"小孔"应该是 1850 年前后在德国出现的。教美术赚得要比木工多多了，这两份薪水足够他随心所欲地喝酒了。

我父亲变声期过后，巩特尔就带他连夜坐火车去别的地方玩，比如印第安纳波利斯[②]、辛辛那提[③]、路易斯维尔[④] 和克利夫

---

① 马车房（carriage house）：原指存放马车的地方，通常独立于别墅主楼，但随着马车逐渐被汽车取代，这个建筑逐渐被用作车库或者客房。

② 印第安纳波利斯（Indianapolis）：美国中东部城市，印第安纳州首府，跨怀特河两岸。

③ 辛辛那提（Cincinnati）：美国中部俄亥俄州西南端工商业城市，俄亥俄河河港。

④ 路易斯维尔（Louisville）：位于肯塔基州中北部，为俄亥俄河南岸的主要港口城市。

兰[①]。表面上他们是去参观美术馆和画家画室，实际上他们还去饮酒作乐，成了中西部最妖冶妓院的座上宾。

不知道这对师生中有没有一个人意识到我父亲其实连颗青苹果都画不好？

＊＊＊　　＊＊＊

当时有人察觉到事情的真相吗？没有。米德兰市没有一个艺术爱好者留心观察父亲到底有没有天赋。如果市里有人关心这事儿，他可能就变成梵文学者了。

米德兰不是维也纳，也不是巴黎。它甚至无法与圣路易斯和底特律相媲美。它也就能和布赛勒斯[②]、科科莫[③] 比比。

＊＊＊　　＊＊＊

巩特尔的欺诈行为终于被发现了，但是已经太晚。他和父亲因给芝加哥的一家妓院造成了严重的财产损失被警方逮捕。之后我父亲患上了淋病，身上又发生了很多其他糟糕的事。我十八岁的父亲已经成了一位夜夜笙歌、纸醉金迷的浪子。

---

① 克利夫兰（Cleveland）：美国城市，位于俄亥俄州东北部地区。

② 布赛勒斯（Bucyrus）：1822 年建，位于俄亥俄州北部。

③ 科科莫（Kokomo）：美国印第安纳州的工商业城市。

巩特尔遭受了严厉的斥责并被开除，还被列入家族黑名单。祖父母在当地权极一时（这多亏了"圣艾蒙的灵丹妙药"），他们在米德兰到处宣传称任何一名高素质的人都不会雇巩特尔做木工或其他任何工作，永远不会。

我的父亲则被送到维也纳的亲戚家里治疗淋病，并打算在当地一所国际首屈一指的美术研究院上学。他舒服地躺在一等船舱里，漂浮在路西塔尼亚境外的一片公海上，准备开启他在维也纳的美好人生。与此同时，家乡祖父母的别墅被烧毁。公众都怀疑是奥古斯特·巩特尔搞的鬼，但找不到任何证据。

祖父母并没有重建别墅，而是住进了距牧羊人镇[①]不远的万亩庄园，把别墅的马车房和地窖抛诸脑后。

这些发生在 1910 年，距第一次世界大战爆发还有四年。

* * *　　* * *

父亲带着他在米德兰作的几幅画去了美术研究院。我曾仔细观察过一些他年少时期的画作（父亲去世之后，母亲总是对着它们发愣），他很擅长交叉影线以及织物阴影，奥古斯特·巩特尔一定也很擅长这些。不过父亲总是不自觉地把一切都画得像水泥似的，一位身着水泥质地裙子的泥制女人正在遛一条泥

---

① 牧羊人镇（Sheperdstown）：位于美国西弗吉尼亚州。

制的狗、一群水泥做的牛、放在窗前的用泥碗装的泥水果，窗帘也是水泥做的……

他也不擅长抓住事物的特征。他曾为祖母画过几幅肖像，还上交到研究院去了，但我完全没看出来画里的人是祖母。我出生多年之前，祖母就已经去世了。不过我敢说，我父亲为她作的那些肖像画，任两幅之间都毫无相同之处。

研究院要求父亲两周之内来校查询他是否被录取。

虽然那时候家里给他很多很多零用钱，但他穿得破破烂烂，用一根绳子当腰带，还穿着打补丁的裤子。维也纳彼时还是奥匈帝国的首都，到处都是精致的制服和充满异域风情的服饰。这个充斥着美酒与音乐的城市对父亲而言就像一场盛大的化装舞会，因此他决定把自己装扮成穷困潦倒的画家加入其中，这太搞笑了！父亲那时一定风流倜傥、玉树临风（因为二十五年之后，我眼中的他也是米德兰最好看的男人）。他身高一米八二，瘦高挺拔，蓝色的眼睛，一头金色鬓发。直到他的"小孔"闭合之时，直到他不再是奥拓·沃茨，再次变成一缕混沌的虚无时，他依旧没遗失这些特质，仍照保持着迷人的风采。

* * *　　* * *

父亲两周之后返回学校，一位教授将作品归还于他，并表示他的作品十分可笑。同时，办公室内还站着另一位穿得破破烂烂的年轻人，也得到了相同的评价。

他的名字是阿道夫·希特勒，从布劳瑙来，是奥地利本地人。

父亲十分恼火，当场就和教授吵了起来。他让教授给他看几幅希特勒的作品，并要求教授在场旁观。父亲从这些作品中随意挑了一件，当场买下，金额可能比教授一个月甚至几个月赚的工资还要多。然而就在一小时前，希特勒为了能吃上东西，在寒冬将至的日子里，卖掉了自己的大衣。因此，如果不是我父亲高价收买他的作品，希特勒很可能在1910年死于肺炎或营养不良。

父亲和希特勒结伴走了一段，相互安慰相互打趣，一起嘲讽那些拒绝了他们的艺术院校。这是人之常情，我知道他们两个人曾有过几次长途漫步，也从母亲那里听说过他们共度的美好时光。当我长到一定年龄，开始好奇父亲的过去时，第二次世界大战呼之欲出，他和希特勒的友谊成了大麻烦，父亲还因此患上了破伤风。

试想一下，我父亲本可以掐死这个二十世纪最可怕的恶魔，或者让他饿死、冻死，但是他却成了他的知心好友。

这就是我憎恶生活的主要理由：人生在世，要犯几个弥天大错太容易了。

* * *　　* * *

父亲从希特勒手中买回来的是一幅水彩画，画的名字是《维也纳的方济会教堂》。如今它被认为是这个恶魔作为画家最好的一幅作品。我父母住在俄亥俄州米德兰市时，那幅画挂在他俩床头很多年。

2

父亲在维也纳受到了极好的款待，因为一传十，十传百，很快大家都知道他是伪装成落魄天才的美国富翁，他也借机在那寻欢作乐了近四年。1914 年 8 月[①]，第一次世界大战爆发，但对他来说，这座城市只不过是从化装舞会变成了化装野餐，场地从城市转移到了乡下去而已。他就这么快乐、幼稚、自我陶醉地活着，并且到处问当地有权势的朋友能否让他在匈牙利保卫队中谋取个一官半职。

匈牙利保卫队的军官制服是用豹皮做的，他特别喜欢豹皮。

后来父亲被美国驻奥匈帝国大使亨利·克洛氏（生于克利夫兰，是祖父母的熟人）叫去了，那时他二十二岁。克洛氏告

———————

[①] 第一次世界大战爆发的时间是 1914 年 7 月 28 日，这里作者可能是笔误。

诉父亲，如果他加入外国军队，他会失去美国国籍。他还调查了父亲，发现父亲并没成画家，而且花钱如流水。他说他已经给父亲的父母写信，告知他们，他们的儿子已经完全和现实脱节，是时候让他回家并找点脚踏实地的工作做了。

"如果我拒绝呢？"父亲说。

"你的父母已经同意不再给你零花钱了。"克洛氏回答道。

于是父亲回家了。

*** ***

如果不是为了那间奇幻马车房，我相信父亲不会老实待在米德兰。那间欧式风格的马车房用石头做成，呈六边形。屋顶用板岩制成，呈锥状，粗壮的橡木横梁做的骨架裸露在外，整个马车房像是坐落在俄亥俄州西南角的"小欧洲"。这是我的曾祖父为他病重的妻子建造的，他妻子来自德国的汉堡。马车房的一砖一瓦都是按照曾祖母最喜欢的一本德国童话书中的插图搭建起来的。

这么多年过去了，它还在那里，屹立不倒。

我曾将它展示给俄亥俄州立大学一位美术史家看。他说这个马车房的原型可能是中世纪时期建在废墟上的谷仓，那片废墟曾是尤里乌斯·恺撒在位时期的罗马瞭望塔，而那位恺撒是在两千年前被杀死的。

想想它有多厉害吧。

＊＊＊　　＊＊＊

我并不是说我父亲完全没有做艺术家的天分。和他的朋友希特勒一样，我父亲在浪漫主义建筑上是有天分的。他回家之后，开始着手将马车房改造成他的专属画室，以配上他"转世达·芬奇"的身份（溺爱他的祖母一直坚信这一点）。

我母亲评价说，祖母就像臭虫一样疯狂。

＊＊＊　　＊＊＊

有时我会想，如果我出生在一个普通的美式小房子里；如果我们的家没有那么大，我一定会有一个完全不同的灵魂。

父亲把存放在马车房里用马拉行的出行工具全丢了，包括雪橇、平板马车、轻型马车、有篷马车等（谁知道它们都是什么），之后又拆了马厩和马具房，这就为他私人的欢愉提供了更多私密的空间。天花板超级高，比当时米德兰任何一家教堂或公共建筑的天花板都要高。这地方能大到打一场篮球赛吗？一个常规篮球场地长二十八米，宽十五米。我小时候在这儿住过，这地方长二十四米。因此，答案是不能，要打篮球赛，它还少四米呢。

＊＊＊　　＊＊＊

这座马车房有两对巨大的门，足以容纳一驾马车及一队马匹通过，一对向北，一对向南。父亲让工人卸掉了朝北的门，他旧日的导师奥古斯特·巩特尔将其制成了两张桌子，一张用来就餐，一张用来放置父亲的画作、画笔、调色板、调色刀、木炭笔等绘画工具。

卸下门的门洞后来成为全市最大的窗户，直到现在也无窗能及。从北面洒进来的光，不论多少，对伟大的画家都是一种慰藉。

这扇窗户前面就是父亲的画架。

* * *　　* * *

是的，他又和臭名昭著的奥古斯特·巩特尔勾搭到一起了，那时的奥古斯特已经差不多六十五岁了。他只有一个女儿，名叫格蕾丝，所以他把我父亲当成儿子看待，不过也没人比我父亲更适合当他儿子了。

那时母亲还是一个小女孩，住在隔壁的别墅里。她很害怕老巩特尔，我记得有一次她跟我说过，所有有家教的小女孩看到他都会跑开，离得远远的。直到母亲去世前，每次提起奥古斯特·巩特尔，她都会露怯。对她来说，巩特尔就是传说中可怕的鬼怪，可憎的妖魔。

至于朝南的那对大门，父亲用螺栓和挂锁将其封上，工人将其四周的缝隙都填满，这样就能起到很好的挡风效果。奥古斯特·巩特尔又将其中一个从中间切断，做成前门，这就是父亲画室的入口。

后来，童年时候的我就住在那里。

二楼是一个六角形的阁楼环绕着的大房间，被分割为几间卧室、几间浴室，另外还有一间小型图书馆。

再往上看便是顶着圆锥型板岩房顶的阁楼了。父亲并没有立即将阁楼投入使用，所以也没装修。

这间画室看起来特别不切实际，但我猜这就是它的设计理念。

父亲在一楼铺满细沙，并在上面铺满鹅卵石。他对此设计呈现出的样子不胜得意，打算把厨房挪到二楼去。这间房子没有地下室，厨房挪到二楼，用人们也要挪到二楼。但我们的卧室也在二楼，如果那样，用人的嘈杂以及做饭的味道会让人不胜其烦。

所以虽然很不情愿，但父亲还是把厨房安置在一楼。厨房很小，用旧木板隔开，狭小又闷热，但我很喜欢，待在里面感觉安全而惬意。

* * *　　* * *

许多人都感觉我家很阴森。事实上在我出生的时候，我家的阁楼上住满了"恶鬼"，那里存放了不下三百件古董和当代枪械，这些都是父亲在1922年和母亲去欧洲度蜜月的时候买的，当时他们在欧洲玩了六个月呢。父亲觉得它们很精美，但它们的实质和自身美丽的外壳并不一样。

它们是谋杀者。

3

　　母亲的"小孔"于 1901 年在米德兰开启，她比父亲小九岁。她的父亲是米德兰国家银行的创始人及最大股东，名叫理查德·维策尔。母亲名叫艾玛，和父亲一样，也是家里唯一的孩子。

　　母亲家庭富足，身边从小就围着一群用人。她出生的豪宅就位于父亲童年居住的别墅旁边。但是四年前，也就是 1978 年，母亲在穷困潦倒中去世了。那时我们蜗居在米德兰城郊一个叫埃文代尔的社区里。

＊＊＊　　＊＊＊

　　她清晰地记得九岁时父亲童年的住所被烧毁的情景（那时父亲已经出发去维也纳了），但那种震撼程度完全不及她第一次见到父亲。彼时父亲刚从维也纳回来，想把马车房改造成画室，便去马车房实地考察。

两栋房子之间隔着水蜡树篱。母亲便是透过这片藩篱第一次看到了父亲。那时候她还是一个瘦得皮包骨的十三岁姑娘，腿细得像鸟腿似的，还长着龅牙。父亲以其富裕优渥的家庭背景，成功地成为外祖父母的话题，他们还开玩笑地对母亲说，若有朝一日能嫁给他是再好不过了。

于是母亲就透过藩篱偷看父亲。父亲穿着猩红色与银色相间的制服，十分耀眼；他一侧的肩头披着豹皮，头上戴了一顶黑貂高皮帽，帽子上面还立着一根紫色羽毛……"天啊！"她的心脏疯狂地跳动着。

父亲那天穿的衣服就是他从维也纳带回来的纪念品——他朝思暮想想要加入的匈牙利保卫队陆军少校的制服。

* * *　　* * *

不过一名真正的奥匈帝国匈牙利保卫队军官之后可能很快就会换上一身灰色军装。

父亲的朋友希特勒虽是奥地利人，但他加入了德国军队，他崇拜德国的一切！他穿的就是灰色军装。

* * *　　* * *

父亲回国后与祖父母一起住在距牧羊人镇不远的庄园里，但他把所有从维也纳带回来的纪念品都存放在马车房里。父亲穿着军装被母亲看到的那天，他正和旧时的家教奥古斯特·巩特尔盘点货车和打包箱里的东西；穿上那身军装是为了逗巩特尔笑。

他们拖着一个桌子来到室外，带着当地产的啤酒、面包、香肠、奶酪和烤鸡，打算在一棵古老的胡桃树下吃午餐。那天带的是利德克兰兹干酪。大多数人以为那是一种欧式奶酪，然而事实上，利德克兰兹干酪于1865年在俄亥俄州的米德兰市问世。

*** ***

于是父亲和老巩特尔坐下来，兴致盎然地享用这顿丰盛的午餐。午餐间，父亲发现了趴在藩篱后面偷看他们的小女孩，然后他拿小女孩开了个玩笑。他对巩特尔说，离家太久了，已经不记得美国的鸟儿们都叫什么名字了。父亲说这话的声音不大不小，正好能让女孩听见，他说藩篱那边就有一只鸟（意指我母亲），还问巩特尔那只鸟叫什么名字。

接着父亲拿着一片面包走近那只"小鸟"，问她是否要来一片尝尝。母亲飞一般地跑回了屋里。

接下来的故事母亲给我讲过一次。父亲也讲过一次。

*** ***

但是她又跑出来了，找到了一个更利于偷窥的好地方——

她能看见别人，别人看不见她。她发现又来了两个新客人，长得很是奇怪，是两个个头矮小，皮肤黝黑的年轻人，他们是兄弟俩，来自意大利，都光着脚，显然他们刚踩完水，因为他们裤腿挽到膝盖以上都湿透了。米德兰之前从未有过意大利人到访，因此母亲对他们的长相感到奇怪也在情理之中了。

这两位不速之客是十八岁的吉诺·马力提莫和二十岁的马可·马力提莫。他们惹了一身麻烦。事实上，他们不应该出现在美国。三天之前，他们还是一艘意大利货船上的烧火工人，这艘货船停靠在弗吉尼亚州的纽波特纽斯港口装货。他们看到美国的大街上铺满了金子，又不想回家被强制入伍，最后决定跳船逃走，当时他们一句英语都不会说。

港口上的意大利人把他们洗劫一空，还把他们的行李箱丢到一节空火车车厢里。他们刚跳上火车找箱子，火车就开走了，兄弟俩甚至都不知道火车要开往哪里。太阳落山了，没有星星，没有月亮，只剩下黑暗，和火车行驶的声音。

吉诺和马克老了之后回忆那晚，都这么对我说："我也不知道那晚怎么过的？"

* * *　　* * *

车外是无尽的黑暗。大概到了弗吉亚西部，四个美国无业游民上了车，他们用刀指着吉诺和马可，抢走了行李箱、大衣、帽子和鞋。

兄弟俩很幸运，这四个人没有为了逗乐捅断他俩的喉咙。可是即使真发生了，又有谁会在意呢？

* * *   * * *

你无法想象他们有多希望自己的"小孔"能闭上！黑夜并不放过他们，悲惨的事接连不断。后来，连白天他们也过得非常糟糕。火车中间停了几次，但车外太过荒凉，吉诺和马克实在无法说服自己下车，便开始在车上谋生，最后两位铁道警探用长棍把他们赶下了火车。那时候他们已经到了俄亥俄州米德兰市的外围，过了糖河，对岸就是市中心。

兄弟俩饥渴难耐。摆在他们面前的只有两条路，要么等死，要么努力一搏。最后他们决定搏一次。他们努力朝着河对岸的圆锥形的板岩房顶走，为了保证跨出的每一步都是在前进，他们把抵达这栋建筑当作一生中最重要的事，心无旁骛、专心致志地走着。

他们蹚过糖河。由于目光只盯着那个屋顶，他们都没有看见其实那里有座桥。估计即使那条河再深一些，他们也还是会游过去而不是走那座桥。

他们终于走到那座建筑面前。在看到那个穿着一身猩红和银色相间的衣服、戴着一顶黑貂高皮帽的年轻男人时，他们和我母亲一样的震惊。

当父亲坐在橡树① 下斜眼看着这兄弟俩时，弟弟吉诺（兄弟队伍里面带头的）用意大利语说他们很饿，愿意做任何工作来换取食物。

父亲用意大利语回应了他。我父亲对语言很有天赋，除了意大利语，他还精通法语、德语和西班牙语。他告诉两兄弟，如果他们真像他们看起来那样饿，就应该马上坐下来吃点东西。他说任何人都不应该挨饿。

对两兄弟来说，父亲就像神一样出现在他们面前。不过要成为他们的神是再简单不过的事了。

吃饱喝足后，父亲带他们到二楼上面的阁楼，也就是未来的枪械室。阁楼上有两张老旧的行军床，阳光和空气从屋顶顶端的圆顶窗户泄进来，通风又温暖。阁楼的中间有一架梯子，顺着梯子可以够到圆顶。父亲告诉这两兄弟，他们可以把这间阁楼当作他们的家，直到他们找到更好的为止。

父亲还告诉他们，自己有一些旧鞋子、毛衣，如果他们有需要，可以到下面的货车里拿。

第二天父亲就让两兄弟开始干活，拆掉了马厩和马具房。

后来不论马力提莫兄弟变得多么有钱有权，不论我父亲变得多么贫困落魄臭名昭著，对于他们来说，父亲一直是神一般的存在。

---

① 前文说是胡桃树（walnut tree），这里可能是作者笔误。

4

在美国正式加入一战，抵抗德意志帝国、奥匈帝国与土耳其帝国之前，祖父母去世了。当时居住的庄园里供热系统出了点问题，导致他们一氧化碳中毒，不治身亡。

父亲成了家族企业"沃茨兄弟药品公司"的最大股东。但是他除了嘲笑和鄙视公司之外，没做任何贡献。

他去参加股东大会时戴着贝雷帽，穿着被颜料染花的工作服，踩着拖鞋，还带着老奥古斯特一同前行，美其名曰巩特尔是他的律师。他对实际运作公司的两个叔叔和他们几个儿子提出抗议，理由是他们都掉进钱眼儿里了，而且过分严肃、迂腐，让人难以忍受，诸如此类。

父亲在董事会上问他们什么时候才能停止"毒害"市民。问这个问题是因为那时候各位叔叔和堂兄弟刚开了美国史上第一家药品连锁店，他们对店里的冷饮柜格外得意。为了保证冷柜里提供的冰淇淋能和世界上其他任何一种冰淇淋相匹敌，他们可是花了大价钱。父亲便问了很多有关沃茨兄弟药店兜售的冰淇淋的问题，比如为什么吃起来像糨糊一样。

你看，他就是这样一位艺术家，比起药品，他更在意店里别的东西。

是时候告诉你我的职业了。你猜怎么着？伟大的艺术家奥拓·沃茨的儿子鲁迪·沃茨，也就是我，是一名注册药剂师。

* * *　　* * *

后来，我父亲的左脚被掉下来的粗壮橡木横梁砸伤。这次事件中，酒精起到了很大的作用。我父亲在画室里举办了一次狂野派对，但是各种工具和建筑材料都没收拾起来，摆得到处都是。突然父亲在房子的架构上有了一个新点子，他迫不及待地要立即实施，因此醉酒的宾客们别无选择地成为了在父亲号令下工作的劳工。一位名叫约翰·福均的年轻奶农没能抓住那根横梁，木头便掉下来砸在父亲的脚上，造成他脚背粉碎性骨折，两只脚趾坏死必须切除。

因此，父亲在美国参加一战之后，被军队拒之门外，无法参军。

* * *　　* * *

后来，父亲和母亲在一次诉讼案件中卖掉了所有艺术品，花光了所有积蓄，父亲还蹲了两年监狱。出狱的时候他年纪已经很大了。他对我说，他一生中最大的遗憾就是没有当过兵。他在死前一直认为自己天生就是英勇善战的士兵。如果真上战场，或许他真有可能成为英雄，但说到底那不过是他的幻想而已。

因此他至死都十分嫉妒约翰·福均。这个砸伤他脚的人最后在一战中奋勇杀敌，成了大英雄，而我父亲本可以和他并肩作战，并和他一样，胸前挂满军功章荣归故里。父亲受过的唯一一个能和军功沾点边的荣誉是俄亥俄州州长给予的嘉奖，奖励他在二战期间，带头捐了许多废铜烂铁。没有颁奖仪式，连证书也是之后邮寄过来的。

证书寄来的时候，父亲正在牧羊人镇监狱里服刑。我和母亲在探亲日那天拿证书去给他看，那年我十三岁。现在想想那时候我们如果把它烧了，让灰烬随糖河流走，或许是更明智的选择。那张证书对父亲来说简直就是巨大的讽刺。

"终于我还是永垂不朽了。"他说，"现在我觊觎的荣誉只剩两样了，一个是做只有牌照的狗，另一个就是成为一名公证人。"

父亲让我们把证书给他，他想一有机会就用它擦擦屁股，当然他也这么做了。

那天他没有说再见，而是伸出一根手指说："人有三急。"

* * *　　* * *

1916 年秋天，老流氓奥古斯特·巩特尔离奇去世。那天他距离天亮还有两小时的时候就醒了，决定为妻女做一顿丰盛的早餐与家人享用。于是他带上了父亲送他的双管泵动式霰弹枪，打算步行去找父亲、约翰·福均等那帮年轻伙计们。父亲他们在约翰·福均父亲的牧场边缘弄了一个"战壕"，打算用来打鹅。这些鹅一般都会在糖河的回水区和水晶湖上过夜，父亲他们已经提前在草地上放了些玉米碎引诱它们。

老奥古斯特没能走到"战壕"，否则事情就不会是这种结局了。他一定是在从他家到草场的五公里行程中出了意外（这其中还包括糖河桥）。一个月之后，他的无首尸体在辛辛那提西部的糖河河口被找到，正要顺流漂往密西西比河、墨西哥湾。

它真的漂流了好长一段距离！

从我出生前的十六年到我小时候为止，我家乡悬而未决的案件有很多，奥古斯特·巩特尔断头案是最离奇的一个。我那时还有一个让人毛骨悚然的"愿望"，那就是找到奥古斯特·巩特尔那颗失踪的头。我想，如果我找到了，凶手一定会俯首认罪，他可能会被判死刑……然后市长就会给我颁发一枚奖章。

* * *　　* * *

1922年，也就是一战结束四年后，父母结婚了。那一年父亲三十岁，母亲二十一岁，大学刚毕业，在俄亥俄州的欧柏林大学获得文学学位。父亲虽然一直宣扬自己就读于一所历史悠久、首屈一指的欧洲大学，但他其实只有高中文凭。不过虽然他读书少，但他给人上历史、种族、生物、艺术或政治课完全没问题，能滔滔不绝地讲好几小时。

基本上他所有的观点都来源于一战前他在维也纳认识的那帮酒肉朋友，是他们的教育（不论正确与否）构建起了父亲的知识体系。

这帮朋友当然包括了希特勒。

* * *　　* * *

他们在维策尔的豪宅里举办了婚礼和婚宴。维策尔氏与沃茨氏都是高傲的不可知论者，因此仪式是由法官主持的。伴郎是抗战英雄兼奶农约翰·福均，伴娘则是母亲在欧柏林认识的朋友。

父亲的近亲，也就他的叔叔及堂兄弟们，都偕伴参加了婚礼，但他们只在婚宴上待了几分钟，举止不失礼节却很冷漠，然后就一起离开了。他们赚钱养活父亲，而父亲给他们充分的理由让他们憎恶他。

母亲说父亲在看到他们走之后放声大笑。他对在场的宾客表示抱歉，声称他们急着回账房算钱。

他实在是太放荡不羁了！

* * *　　* * *

之后他和母亲踏上欧洲，开始他们为期六个月的蜜月之旅。

在他们蜜月期间，沃茨兄弟药品公司将总部搬去芝加哥，他们已经在那儿开了一家化妆品工厂和三家药店。

父母回来之后，他们成了镇上唯一的沃茨氏。

* * *　　* * *

父亲名贵枪支的收藏就是在蜜月期养成的。其实他收藏的枪大部分都是一口气买下的。之前在维也纳逍遥快活的时候，父亲结识了一位名叫鲁道夫·冯·福斯坦伯格的朋友，他住在奥地利的萨尔茨堡外沿。鲁道夫死于战争，他的父亲和两个兄弟也都在战争中被杀。为了纪念他，父亲以他的名字为我命名。鲁道夫的母亲和最小的弟弟得以幸存，但由于破产，家里所有的东西都在出售。他和母亲蜜月时拜访了鲁道夫家的庄园，看看还能淘到什么东西。

父亲收藏了不下三百支枪，可谓是从轻武器发明以来到1914 年前后的全套枪支历史。有几支枪是美国产的，包括一支柯尔特 0.45 左轮手枪和一支 M1903 春田步枪①。在我只有十岁的时候，父亲就教我如何用这两支枪射击，有过度后坐力产生时该如何处理、如何清洁枪支、蒙着眼睛的时候如何拆解枪支

---

① M1903 春田步枪（0.30-06 Springfield rifle）：是一种旋转后拉式枪机步枪，由春田兵工厂生产，是美军在一战及二战的制式步枪。M1903 春田步枪配用的 M1906 步枪弹（即 Springfield 0.30-06 rifle cartridge），所以英文中 M1903 春田步枪（M1903 Springfield rifle）也叫作 0.30-06 Springfield rifle。

再把它们组装起来……

愿上帝保佑他。

*** ***

父母在冯·福斯坦伯格家里买了很多东西，包括家具、亚麻织物、水晶摆件、几把战斧和利剑、钉链锤、盔甲和盾牌。

我和我哥哥都很喜欢冯·福斯坦伯格的一张床，床头板上有个盾形纹章。他家的墙上挂着阿道夫·希特勒的那幅画——《维也纳的方济会教堂》。

*** ***

父母在蜜月期间还去看了希特勒，不过那时候他在蹲监狱，没能见成。

后来希特勒在战时成为下士，还因在炮火下送信获得铁十字勋章。于是父亲的亲密好友中，有同盟国的英雄，也有协约国的英雄。

*** ***

父母还买下了安置在冯·福斯坦伯格庄园门房的巨大风向标，回家之后把它置于圆顶塔楼上面，这使得画室成为镇上最高的建筑之一，仅次于镇法院大楼、几所粮仓、福均家的挤奶厂以及米德兰国家银行。

风向标瞬间成为米德兰市最有名的艺术作品，唯一能与它相媲美的就是费尔奇尔德公园的一个徒步联邦战士雕塑。战士手中的箭就近四米长，两个中空的铜制骑士一个接一个地倒在这把长箭之下，后面那个是拿着长矛的奥地利人，前面那个拿着短弯刀逃生的则是土耳其人。

这个风向标是 1683 年维也纳为纪念解除土耳其围困制造的，但现在它也就是指指底特律，指指路易斯维尔，或者其他别的地方。

我哥哥费力克斯比我大七岁，只要有机会就说谎愚弄我。小时候我曾求他给我和一个玩伴讲讲这个风向标的意义，那时他在上高中。他的声音经过变声期，变得低沉而迷人，事实证明这嗓音对于在传媒行业的他来说是巨大的财富。

"如果奥地利人输了，"他用一种严肃的语气低沉地说，"母亲现在就会成为慰安妇，父亲会在澡堂里当跑堂的，你我还有你的朋友会被阉割。"

那时候我信了他。

5

1933 年，我一岁的时候，阿道夫·希特勒成为德国元首。自 1914 年就未曾见过他的我的父亲向他送上了最诚心的祝贺，并把他的水彩画《维也纳的方济会教堂》作为礼物寄给了他。

希特勒十分高兴。他表示曾和父亲度过一段很美好的日子，并以个人的名义邀请父亲去德国做客，观摩一下他希望能延续千年的新型社会秩序。

1934 年，父母带着九岁的费力克斯去德国待了六个月，把我撂给了用人。我为什么要去？那时候我才两岁。他们走之后我理所应当地把这些用人当作我最亲的人。他们的拿手绝活，包括做饭、烘焙、洗盘子、整理床铺、浇灌花园、修剪草坪、铲土等家务，我也立志做到最好。

不论是过去还是现在，我最高兴的事儿就是把家里打扫得干干净净，然后在整洁明亮的家里准备一顿丰盛的菜肴。

* * *　　* * *

　　我已经记不得我那些"真正的家人们"从德国回来时候的模样了，可能只有催眠师才能帮我想起一二。但我在母亲的剪贴簿里看过他们那时候的照片（那本剪贴簿记载了那段激情燃烧的岁月），在《米德兰城市号角观察报》的旧报纸里也看到过。照片中母亲穿着裹身裙，父亲穿着皮短裤和及膝长袜，费力克斯穿着土黄色制服、系着武装带，戴着一个臂章，上面印着纳粹党的"卐"字记号和希特勒青年团的匕首标志。严格说来，费力克斯没有加入过这个组织，不应该穿他们的制服，即使他是一个德国男孩，也还不到穿这种制服的年纪。但是父亲在柏林找了个裁缝给他量身定做了一套。

　　那他有什么理由不穿呢！

* * *　　* * *

　　报纸上说我的这些亲人一回家，就把希特勒送他的礼物挂在风向标的横轴上。那是一面和床单一样大的纳粹旗，是他最喜欢的礼物。

　　在此再次声明：那时候是 1934 年，距离二战爆发还有很久呢（如果五年算很久的话）。因此那时候在米德兰市挂一面纳粹旗就和挂一面希腊国旗、爱尔兰国旗、美联邦国旗一样，并不会让人反感。母亲说，当时挂那面旗就是为了高兴，为了好玩。但是高傲的街坊四邻对父亲、她和费力克斯都非常嫉妒，因为米德兰市除了他们，没有谁能跟一国元首保持这么友好的关系。

报纸上还登了一张有我的照片。那是我们全家人在画室前面拍的一张照片，照片里我们都抬头看着飞扬的纳粹旗，年幼的我还躺在我家的厨师玛丽·胡布勒的怀里，后来是她教会了我所有的生活技能，比如做饭和烘焙。

***　***

玛丽·胡布勒的玉米面包是这么做的：

取半杯面粉、一杯半黄玉米粉、一茶匙盐、一茶匙糖、三茶匙发酵粉倒入碗中，加三个鸡蛋、一杯牛奶、半杯淡奶油和半杯融化后的黄油搅拌成无颗粒的面糊。

在烤盘上涂一层黄油后，将搅拌好的面糊倒入烤盘中，放入烤箱，用二百摄氏度烘烤十五分钟。

时间一到将烤盘取出，趁热切成块放在餐巾上，拿到餐桌上享用即可。

***　***

登报的那张全家福是在父亲四十二岁的时候拍的。母亲说，父亲在德国受到了极大的震动，思想上发生了深刻的变化，有了新的人生方向。他已经无法满足于做艺术家了，他想成为一名教师、一位政治活动家。他认为在德国建立起的新社会秩序能够拯救这个混乱的世界，希望美国也能建立这样的秩序，而他会成为美国的新闻发言人。

这可真是大错特错了。

* * *　　* * *

制作玛丽·胡布勒烧烤酱的秘方如下：

锅中放入一百一十四克黄油，融化后放入一杯切碎的洋葱和三瓣切碎的大蒜炒软，加半杯番茄酱、四分之一杯黄糖、一茶匙盐、两茶匙鲜胡椒粉、少许塔巴斯哥辣酱油、一大汤匙柠檬汁、一茶匙罗勒和一大汤匙辣椒粉，大火烧开后小火炖五分钟即可。

* * *　　* * *

于是接下来的两年多里，父亲走遍了美国中西部地区，到处宣传德国的新秩序、播放相关的电影和幻灯片。他给别人讲有关希特勒的暖心故事、解释他的贵贱人种理论。他把这理论讲得和简单化学似的：一个纯种犹太人是低贱的，一个纯种德国人是高贵的；波兰人和黑人交配，自然是得到一个娱乐他人的劳工。

这真的是太糟糕了。

纳粹旗曾挂在我家客厅里我是记得的，可能只是我认为我记得，但我确实是这么听说的，访客一进来看到的第一样东西就是它，其他东西与之相比瞬间黯然失色。家里的原木梁子和石墙，用马车房大门做成的大桌子等都太普通了；父亲的画架粗制滥造，映在窗户上的影子看起来像个断头台；他收藏的中世纪武器和盔甲都生满了锈。

*** ***

　　我闭上眼睛，试着去回想那面旗的样子。我做不到，而且还不停地哆嗦。因为在冬天，我们家除了厨房，别的地方都非常冷。

*** ***

　　我们家他娘的没法用壁炉。父亲希望墙上的石头和支撑枪械室的板岩屋顶的木板都是裸露的,壁炉的烟会对它们有影响。
　　甚至在他临终之前，我哥哥费力克斯交暖气费的时候，他会自动屏蔽拒绝听他们的对话。
　　"我死了之后再弄。"他说。

*** ***

　　父母和费力克斯从来没有抱怨过冷，他们在家里穿厚厚的衣服，还说美国人都把自己家里搞得太暖和了，温暖会降低血液流速，让人们变懒、变蠢等。

那应该也是纳粹党的说辞。

他们总是把我从温暖狭小的厨房里赶到空旷通风的一楼大厅，以为这样我就能强壮坚强、精力充沛。但不一会儿我就会回到厨房里，那里香气四溢、温暖如春。滑稽的是，这么大的房子，真正做事的人只能聚在这间和船上的厨房一样狭小的屋子里；那些什么都不做、只等着被服侍的人，却享受着厨房之外的广阔空间。

寒冷的日子里，甚至是不那么冷的日子里，用人、园丁、楼上的女用人等都会拥入厨房，与我和厨师待在一起。他们喜欢聚在一起的感觉。他们曾告诉我，小时候他们跟一大帮兄弟姐妹挤在一张床上睡觉。当时我想，那样一定很有乐趣。其实我现在也是这么想的。

在这个人挤人的厨房里，每个人毫不费劲就能说很多话，除了嘟吧嘟就是哈哈笑。我经常被邀请加入到对话中来，在他们心里，我就是个随和的小男孩，每个人都喜欢我。

每次谈到什么话题，就会有一个用人问我："鲁迪先生对此有什么想说的吗？"然后我就随便说点什么，每个人都会装作我读的是什么很有哲理或者故意搞怪的话来哄我开心。

如果我的生命止于童年，我可能会认为生命就是那间小厨房。在冬季最冷的日子里，我总是拼尽全力回到那间厨房，感受生命的温暖。

谁能带我重返旧日时光。

＊＊＊　　＊＊＊

后来他们把纳粹旗撤掉了，父亲也不再出去巡讲。据费力克斯后来回忆说，那时候他正在上八年级，父亲终日在家中待着，电话也不接，信箱也有三个多月没去看过了。他患上了深度抑郁，周围人很怕他会自杀，因此母亲拿走了他的枪械室钥匙，但他并未察觉，因为他再也没有兴致去看他心爱的武器了。

费力克斯认为，任何事都可能让父亲萎靡不振。但其实当时父亲收到的信件、接到的电话，内容都越来越恶毒，甚至连联邦调查局都来了，说是按照当地的法律需要对他进行问话，话里话外都在暗示他受雇于外国政权的特工。父亲的伴郎约翰·福均也不再跟他说话了，还在镇上到处说父亲是危险的傻子。这些父亲都知道。

父亲也确实是。

福均（Fortune）自己就是德国血统，他的姓氏就是由德语"Glück"衍化而来的，意思是幸运。

福均绝不给父亲任何机会修补他们之间破裂的关系。1938年，他突然离家前往喜马拉雅山脉，说要寻找更高阶的快乐和智慧。他妻子死于癌症；因夫妻二人中一人有生殖缺陷，他也没有孩子；他的家族奶厂倒闭，被米德兰国家银行没收。

现在约翰·福均穿着他的背带裤被葬在尼泊尔的首都加德满都。

6

　　子弹爆炸事件使米德兰市人口消失于一瞬，新闻热度持续十几天不减。我在海地听一家当地新闻广播节目称之为"友好炸弹"——美国政府在事情发生后立即公开承认该炸弹由本国制造。如果政府没有出面澄清，人们可能会认为第三次世界大战爆发了，那样会造成更大的轰动。

　　官方称这次事件只是一场意外，炸弹由美国本地卡车运输，走到州际公路上时，炸弹突然爆炸，火光四射。如果这辆卡车真的存在，那炸弹爆炸时它可能正好停在新假日旅店和德维恩·胡佛的庞蒂克① 车厂的十一号出口对面。

　　牧羊人镇成年改造中心的五个死刑犯不用再继续等死了，

---

① 庞蒂克（Pontiac）：庞蒂克，通用汽车公司生产的汽车品牌。德维恩·胡佛是汽车经销商。

因为他们都死了。市里所有人都死了。一瞬间我认识的人都没了。

但建筑物大部分都还在，丝毫未损。我听说新假日旅店里的每一台电视、每一部电话、吧台后面的那台冰块机都能正常使用。这些易损设备距爆炸源只有不到一百米的距离。

俄亥俄州米德兰市人去楼空，约十万人无一生还。这差不多是伯里克利时代[①]雅典的全部人口，是当时加德满都的三分之二。

这么多"小孔"突然间都闭合了，对任何人或事没有任何影响吗？这个世界没失去什么它珍爱的东西吗？还是说这里所有的财物没被破坏就万事大吉？我止不住地反复问自己这些问题。

* * *　　* * *

米德兰市并没有辐射污染，人们可以立即迁进去，社会正广泛讨论把米德兰打造成海地难民营呢。

祝他们好运。

* * *　　* * *

米德兰有个艺术中心叫米尔德里德·巴里艺术中心，它位

---

① 伯里克利时代（Age of Pericles）：大约为公元前480年—公元前404年，这一时期也是希腊经济文化军事科技繁荣鼎盛的时期，孕育了不少杰出的人才，包括哲学家苏格拉底，历史学家希罗多德和修昔底德，西方"医学之父"希波克拉底等等。

于糖河中部，是一个摆在四根细长柱子上的白色球状建筑。如果中子弹爆炸真炸毁了哪栋建筑，你第一个想到的一定是它，因为它整个暴露在外面，太脆弱了。

这座艺术中心从未被用过，美术展馆的墙上空空荡荡，什么都没有。这可真是海地人发挥艺术才能的绝佳时机，毕竟他们是世界史上最多产的画家与雕刻家。

海地最有才华的艺术家会将父亲的画室重新装修。它是该迎来一位真正的艺术家了——还有北窗的阳光。

*** ***

海地人有一道菜叫椰浆鲜鱼：

将两杯切碎的椰子肉用薄纱布包起来放在碗里，倒入一杯热牛奶，然后把纱包取出来挤干水分，这样重复两次之后，碗里的液体就是做这道菜要用的酱汁了。

将一磅洋葱切片，加入一茶匙盐、半茶匙黑胡椒、一茶匙压碎的胡椒粒搅拌均匀。锅中放入黄油，融化后加入洋葱片炒软（但不要等它变黄），加入四百五十克鲜鱼肉，每面煎一分钟左右。

将做好的酱汁倒入锅里盖过鱼肉，盖上锅盖，小火炖煮十分钟。然后打开锅盖，不断翻动鱼肉，酱汁变得浓稠时，菜就做好了。

这道菜在奥洛佛逊豪华酒店很受欢迎，一份能够八个人饱餐一顿。郁闷的时候吃这道菜就会开心很多。

＊＊＊　　＊＊＊

海地人讲克里奥尔语。这是一种只有现在时态的法国方言。我和我哥费力克斯六个月前搬到海地生活，现在我已经会讲一点这种语言了。我们买下了奥洛佛逊豪华酒店，成为酒店老板。这家酒店位于太子港悬崖脚下，从外观上看是一座姜饼拼图样式的宫殿。

酒店的服务生领班希波吕忒·保罗·德·米勒声称自己八十岁了，有五十九个子孙。想象一下他用这种只有现在时的语言问我有关父亲的事。

"他已经去世了吗？"他用克里奥尔语问。

"他已经死了。"我答。这没什么好争论的。

"他'现在'是做什么的？"他问。

"他'现在'是画家。"我答。

"我很喜欢他。"他说。

你能理解这种感受吗？设想一下我父亲明明已经过世，却还要以他还活着的语气谈论他，你就能明白我的感受了。

父亲大部分岁月都沉浸在一战前的维也纳咖啡厅里，他是故意的。他始终停留在二十岁左右那个年纪不肯长大。那时的他可能成为举世闻名的画家，可能成为一名勇往直前的士兵；那时的他已经有了爱人，一位豁达显贵的爱人。这种偏执在他人生最后的十五年里被彻底打破了。

在我成为杀人犯之前，我想他可能都没认真留意过米德兰市。可能他身体在这里，心里早穿上太空服翱翔在战前维也纳的天空里。有时候我和费力克斯犯蠢把朋友带回家来，父亲总对他们说些莫名其妙的话。

还好费力克斯在初中经历的那些我没经历过。那时候费力克斯带客人回家，父亲要对他们说"希特勒万岁"，他们也必须回应"希特勒万岁"，父亲对此乐此不疲。

有天下午，费力克斯忍不住地抱怨："上帝啊！做镇上最有钱的孩子真不是什么好事！别人到咱们家来都度日如年！墙上总是挂着这些生了锈的中世纪破烂，弄得家里跟个刑讯室似的。父亲能不能至少别对所有人都说'希特勒万岁'，尤其是别对伊兹·芬克尔斯坦说！"

* * *　　* * *

我们家到底多有钱？这么说吧，二十世纪二十年代前后，父亲卖掉了他所有沃茨兄弟药品公司的股份，买进可口可乐的股票。经济进入大萧条时期，药品公司的连锁店全部倒闭，但这对他没有丝毫影响。可口可乐表现依旧坚挺，好像根本不存在萧条这回事似的。母亲则保留着从她父亲那里继承的银行股票。后来法院拍卖了很多作为抵押的基本农田，因此这些股票跟黄金一样值钱。

真他妈的运气好。

*** ***

冷饮柜和经济大萧条一起毁了沃茨兄弟的连锁店。药房生意和食品生意完全是两个概念，食品还是让那些懂行爱行的人去做吧。

我还记得爸爸最喜欢的一个笑话就是，有个男孩因为成绩不合格被医药学院开除了。而且他不会做俱乐部三明治。

*** ***

我听说伊利诺伊州的开罗还有一家沃茨兄弟药店。当然，它和我以及那些不知身在何处的亲戚已经没有任何关系了。据说它是开罗商业区城市振兴计划的一部分，商业区街上铺满了鹅卵石，和我小时候家里的地面似的，街灯都是煤气灯。

商业区里有复古风格的台球厅、理发店、消防站以及设有冷饮柜的药店。不知道是谁弄到了旧时沃茨兄弟药店里用的一块牌子，还把它挂了出来。

这还真是复古。

我听说他们还在店里贴了张旧时的海报，宣扬"圣艾蒙的灵丹妙药"的神奇功效。

当然如今他们不敢真的卖"圣艾蒙的灵丹妙药"，它对人体是有害的。海报只是一个复古的玩笑。外观虽然复古，他们药品柜台还是很现代化的，你能在那里买到巴比土酸盐^①、安非他明^②、安眠酮^③ 等药物。

科学在不断地进步啊。

* * *　　* * *

我还没到能邀请客人去家里做客的年纪，父亲就已经不再跟任何人提希特勒了。他已经深刻认识到，希特勒和他在德国建立的新秩序使得人们的愤怒与日俱增，最好找点别的话题聊。

我并不是嘲弄他。他和我们都一样，最初也只是一缕混沌的虚无，然后出现一个"小孔"，声音和光亮从这个"小孔"里倾泻而下。

但是让人无奈的是，以前他总以为我的玩伴对希腊神话、亚瑟王的圆桌、莎士比亚戏剧、塞万提斯的《堂·吉诃德》、歌德的《浮士德》、瓦格纳式戏剧等文学作品稔熟于心。当然了，这些都是一战前他从维也纳的咖啡厅里学来的。

所以他才会对绿钻犁修理工的八岁儿子说："你看我的眼神

---

① 巴比土酸盐（Barbiturantes）：一种镇定剂。

② 安非他明（Amphetamines）：一种精神类药物，治疗气喘、多动症和嗜睡症。

③ 安眠酮（Methaqualones）：一种安眠与镇定类药物。

好像在看梅菲斯特费勒斯①似的，在你看来我是不是跟他一样邪恶？是不是？"

他问了，我的客人就得回答。

或者他会在基督教青年会给门卫的女儿搬一把椅子，对她说："坐到这'危险席②'上。你敢吗？"

我们家这片的富人除了我父母之外都搬走了，因此邻居素质水平下降很快。我玩伴儿的父母几乎都是没上过学、做着低贱工作的人。

父亲还可能会对别的小孩说："我是代达罗斯③！你是否愿意接受我给你的翅膀，和我一起飞翔？我们可以和大雁一起向南飞！但是我们不能太靠近太阳，一定不能。为什么我们不能太靠近太阳？为什么？"

我父亲问了，这孩子就得回答。

临终时，父亲躺在医院的病床上，细数他的优缺点。他说他至少和孩子们玩得很愉快，他们都觉得他很好玩——"我了解他们。"

---

① 梅菲斯特费勒斯（Mephistopheles）：简称梅菲斯特（Mephisto），最初是在《浮士德》中以传说中的邪灵的名字出现，此后在其他作品成为代表恶魔的定型角色。

② 危险席（Siege Perilous）：来自亚瑟王与圆桌骑士的故事。亚瑟王的圆桌中有一个危险席，只有注定获得圣杯的（一说品行完全没有污点的，即"完美的骑士"）骑士才可以安坐该席而不丧命。后来坐上此席的是加拉格德爵士。

③ 代达罗斯（Daedalus）：希腊神话里的人物。这个故事讲的是代达罗斯他给他的儿子伊卡洛斯做了一对羽翼，带他一起飞上天空。但太阳融化了儿子翅膀里的蜂蜡，羽毛散开，翅膀融化，儿子从空中掉落。代达罗斯发现的时候已经太迟，后来海浪把他儿子的尸体推上了海岸。

　　　　　　* * *　　* * *

　　然而他最无理取闹的一次问候，对着的不是孩子，而是一位年轻的女性。她叫西莉亚·希尔德雷思，是一名高三学生，我哥哥费力克斯曾邀请她去参加高中毕业舞会。事情发生在1943年的春天，二战正在进行中，距离我杀人也还有差不多一年的时间（我算是同时杀了两个人）。

　　费力克斯是他们班的班长，那低沉的声线让他占了大便宜，他负责把老师有关毕业的安排传达下去，包括毕业舞会在哪儿举行、纪念册里的照片下是否该标注绰号等。那时候他正饱受性的折磨，在过去的一个半学期里，他和他的女朋友萨利·弗里曼性生活不和谐，于是萨利找篮球队队长史蒂夫·亚当斯寻求慰藉。他把这事儿告诉了我，并让我帮他保守秘密。那年我只有十一岁。

　　于是这位班长找不到女伴参加舞会了，那时候但凡有点姿色的女孩都接受了别人的邀约。

　　于是费力克斯使出了一个高招。他向一位身在社会底层的女孩发出了邀请。这女孩的父母没上过学、没有工作；两个哥哥都在监狱里服刑；她成绩很差，也从不参加任何课外活动，但她是学校里最漂亮的女孩之一。

　　她是白人，但是家里太穷了只能住在黑人区。不过，虽然她社会地位不高，却几乎没有男生轻视或嘲笑她。他们的说法是：虽然她长得还行，但她冷若冰霜。

这女孩就是西莉亚·希尔德雷思。

所以她本来是不期望有人会邀请她做毕业舞会的女伴的。但是奇迹就这么发生了！灰姑娘就这么产生了！镇上数一数二的帅气多金的男孩邀请了她！这男孩还是班长！

*** ***

于是，从毕业舞会几周前起，费力克斯就不停说着西莉亚·希尔德雷思有多美，当一位"电影明星"挽着他步入会场时他们将多么受人瞩目，每个人都会懊悔忽视西莉亚这么久，等等。

父亲从头听到尾。不过任凭费力克斯说得如何天花乱坠都没用，除非费力克斯去舞会之前带着西莉亚去趟画室让父亲看一眼，父亲才能判断西莉亚是否真的那样美。怎么说父亲也是个艺术家，这点儿判断力还是有的。

其实那时候我和费力克斯已经决定再也不把朋友带回家了，但父亲用了一招，成功地让费力克斯同意把他介绍给西莉亚。如果毕业舞会那天，费力克斯不先把她带到画室，他就不能开车，他和西莉亚就只能坐公交去参加舞会了。

*** ***

海地香蕉汤的做法：

取两磅羊肉或鸡肉、半杯切碎的洋葱倒入锅中，放入一茶匙盐、半茶匙黑胡椒、一小撮压碎的红胡椒，倒入两升水，开火炖煮一小时。

将三个去皮的洋芋和三根去皮的香蕉切成块放入锅中，小火炖至肉软烂后，把肉拿出来。

锅中便是八人份的海地香蕉汤了。

好好享用吧！

* * *　　* * *

于是像平时一样，没事可做的父亲在舞会之夜到来之前兴奋得像傻乎乎的高年级学生似的。他一遍一遍地说：

"谁是西莉亚？她是做什么的？为何所有倾慕她的人都对她啧啧称赞？"

或者，他会在晚饭桌上没人说话的时候突然抗议道："她不可能那么漂亮！没有女孩能那么漂亮。"

费力克斯曾跟他说过，西莉亚不是全世界最美的女性，还不止一次地强调："她只是我们这个年级最好看的女孩"。但是没用。父亲已经把她当成强大的对手了。他，是这个城市里美貌评选的最高裁判；而西莉亚，可能是有史以来最美的女子，他们马上就要见面了。

哦对了，那段时间他带头收废铁，并兼任防空袭管理员。他还协助美国陆军部完成了一份希特勒的人格剖析图。如今他评价希特勒是一位精明的变态杀人狂。

报纸和广播里的爆炸性新闻铺天盖地，街上到处都是士兵军官，但他还是觉得生命无聊而腐朽。他的精神急需一点动力。于是他暗自做的计划成了他生活的动力。如果费力克斯猜到了这个计划，他肯定宁愿带她坐公交去参加舞会，也不会带她踏入家门方圆一公里范围内。

　　父亲的计划就是：身穿匈牙利保卫队陆军少校的猩红和银色相间的制服去见西莉亚。当然，带羽毛的黑貂高皮帽和搭在肩上的豹皮自然也是不会少的。

7

　　事情是这样的：那天费力克斯准备就绪，要去接西莉亚的
时候，父亲还没穿上他的"专属画家套装"，只是穿着毛衣和
宽松长裤。他向费力克斯承诺再三，他只是想看看这个女孩，
绝不是为了见她穿什么"演出服"；这次会面绝对很普通、很
简短，甚至很无聊。

　　最后让费力克斯败下阵来的，是一辆产于1932年米德兰市
的奇德斯乐旅行车。那时候，一辆奇德斯乐可以在任何方面都
和德国的梅赛德斯或英国的劳斯莱斯相媲美，甚至是比它们还
高级。即使到了1943年，奇德斯乐敞篷车也是造型奇特且拿得
出手的古董。费力克斯把车的顶棚折叠起来变成敞篷车，车后
座有一个单独的挡风玻璃，引擎有十六个汽缸，两个备用轮胎
安在前挡泥板的浅沟里，看起来像正在跃进的马脖子。

　　费力克斯开着这辆扎眼的车朝着漆黑的城镇奔驰而去。那

晚，他穿着租来的燕尾服，翻领里还插了一朵栀子花，副驾驶座上放着他为西莉亚准备的用两朵兰花制成的胸花。

费力克斯一出门，父亲就脱下了他的便装，穿上母亲帮他拿来的制服；在母亲眼里，父亲不论做什么事都对，母亲出卖了费力克斯！父亲换衣服的时候，她关上电灯，点起蜡烛，她和父亲白天已经把蜡烛摆在房间各处，竟然没人发现！他们肯定有分身术！

父亲将猩红银色制服和高皮帽穿戴整齐的同时，母亲也差不多把蜡烛都点上了。

我则站在二楼卧室外的阳台上兴奋不已，和父母一样期待看到西莉亚·希尔德雷思的模样。我仿佛是待在一个满是萤火虫的蜂箱里，而我的正下方就是那位气宇非凡的"薄暮之王"。

我的思维模式深深受到那些我看过的经典童话和父亲绘声绘色讲述的神话传说的影响，不由自主地便把烛光看作萤火虫，并虚构出一位"薄暮之王"。这对我和费力克斯来说是第二天性。我敢打包票，米德兰市除了我们之外，没有小孩能有这种想象力。

这位"薄暮之王"戴着他竖着羽毛的高皮帽下了指令："打开城门！"

* * *　　* * *

家里哪有什么城门？只有两扇普通的门，南边的是前门，东北角的厨房也有一扇。但父亲说这话时，气势之恢宏绝不只是打开这两扇门。

　　只见他朝着原来那对南向的马车房门走去（正门就安在那儿）。我从来不把那两扇门当门看，它们更像是我家里的一堵石墙。现在父亲握住了那巨大的门闩（他锁了这门三十年），它没能抵挡得了父亲的动作，稍一使劲它便向后滑动，这是它的秉性。

　　在这之前，我一直以为那个门闩是墙上挂着的一把生锈了的中世纪时期铁制武器，还想着或许它本可以在更合适的人手上奋勇杀敌的。

　　至于我家的那些过分华丽的挂锁，我之前也没把它们当挂锁看。我以为它们和那个门闩一样，都是些中世纪的武器。不过从那一刻起，它们不再是从欧洲运过来的垃圾，而是真正的属于俄亥俄州米德兰市的挂锁，随时准备着为我们服务。

　　我悄悄地下楼，每一步都充满了敬畏。

　　"薄暮之王"使劲推了推马车房的一扇门，接着又推了推另一扇，接着，我家的这面墙倒了，只剩下闪烁的星星和一轮缓缓升起的皓月。

8

　　费力克斯开着奇德斯乐载着西莉亚·希尔德雷思到家的时候，父母和我都躲起来了。在看到我们家的华丽变身后，费力克斯也有点茫然失措。他熄了火，但看起来像是车自己熄的。他用发动机似的沙哑的声音向西莉亚再三保证，虽然她之前没见过这种样式的房子，但她完全不需要害怕，一切都很安全。

　　我躲在炫酷的新门厅里听到西莉亚说："我很抱歉，但我真的不由自主地感到害怕，我想赶紧离开这儿。"

　　光是这句话，费力克斯就应该明白他应该赶紧带西莉亚离开。因为几分钟后，西莉亚表示她根本不想去舞会，但她的父母非要让她去；她讨厌身上这身裙子，穿着去见人她觉得很丢脸；她不懂富人的心理，也不想懂，独处的时候她最快乐，没人会盯着她看，也不需要强装开心故作优雅地回应前来搭讪的人，云云。

费力克斯曾跟我说过，他没带西莉亚离开是因为他想向父亲证明，他是个信守承诺的人（即使父亲不是），但他承认了当时他把她的存在忘得一干二净。下车后，他没有走到西莉亚那一侧为她打开车门，更别说伸出胳膊让她挽着了。

他就自己走到这扇炫酷的大门中间，停下来，双手叉腰，欣赏着舒展在这一小方天地里的星空。

他本应该生气的，他后来也确实生气了（跟一只得了狂犬病的狗似的）。但是那一瞬间，他不得不承认，父亲在热心收集了多年让人无语的玩意儿，和过分花哨的无用之物后，创造出一件艺术瑰宝。

这是米德兰市之前从未有过的美。

* * *　* * *

接着，父亲从一根竖立着的原木后踱出来（就是那根很久之前砸伤他左脚的木头），站在距离费力克斯仅有一两米的地方，手里还拿着一颗苹果。西莉亚透过奇德斯乐的挡风玻璃可以看到父亲，只听他高声喊着："有请特洛伊的海伦移步向前来索要这颗苹果，如果她敢的话！"

西莉亚没动弹。她已经石化了。

而没能阻止事情继续发展的费力克斯还天真地以为，即使西莉亚不知道到底发生了什么，也会下车接过这颗苹果。他真是蠢得可以了！

　　关于特洛伊的海伦与金苹果的故事，西莉亚知道多少？父亲又了解多少？时至今日我才明白，父亲把神话故事都记混了，没人给特洛伊的海伦一颗苹果（到没有作为什么奖赏给过）。

　　那个神话是说，有一位名叫帕里斯的年轻王子，在雅典娜、赫拉和阿芙罗狄忒三位女神美貌之最的角逐中，认定阿芙罗狄忒是最美的女神，并为她送上具有象征意义的金苹果。

　　因此，假使1943年那个春风沉醉的夜晚，发生什么变化，顶多也就是父亲高声说着："请阿芙罗狄忒移步向前索取这颗苹果，如果她敢的话！"

　　当然，如果那晚他能把自己锁在枪室里一声不吭，那就再好不过了。

　　至于特洛伊的海伦在她的故事中扮演的是什么角色呢？其实并非西莉亚·希尔德雷思听父亲说的那样。那个故事中，海伦是地球上最美的凡人女子，阿芙罗狄忒为了得到帕里斯手中的那颗金苹果，提出可以把海伦送给帕里斯。

　　但是海伦当时已经嫁给了斯巴达国王，来自特洛伊的帕里斯在阿芙罗狄忒的帮助下把她绑走娶作妻子。

　　这便有了特洛伊战争。

＊＊＊　　＊＊＊

　　好吧，西莉亚下了车，但是她没来拿这颗苹果。她身着一身白色连衣裙，脚踩一双金色的高跟舞鞋。无疑为了这次舞会，她为这一身衣服，甚至还有内衣，都下了血本。但当费力克斯走近时，她一把扯下胸前的胸花，蹬掉脚上那双高跟舞鞋，穿着丝袜的脚、妆容精致的脸、内心的恐惧与愤怒让她看起来像从神话里走出来的人，她完全惊艳到了我。

米德兰市有属于它的"不和谐女神"。

而这位女神现在就站在我们面前。她不会跳舞，也不想跳舞，讨厌学校里的每一个人。她说她真想把自己的脸抓花了，这样就没人看这张与她的内在完全没有关系的外皮了；她说她已经准备好了随时去死，因为男性对她的想法和他们试图对她做的事情让她觉得羞耻万分；她说她往生后的第一件事就是到天堂去问问那些神，到底在她脸上写了什么，为什么要写在她脸上。

***　　***

后来我和费力克斯搬去海地，有天我们并肩坐在泳池旁，努力回忆那晚西莉亚都说了什么。

我们都记得她说，黑人比白人更善良，更懂得生命的意义。她憎恶富人，她说明明战争还在继续，富人却还在纸醉金迷，醉生梦死，真应该被枪毙。

说完，她光着脚走回了家，只留下了她的鞋子和胸花。

＊＊＊　　＊＊＊

西莉亚只需要走过十四个街区就能到家。费力克斯开着奇德斯乐追上她后，就开车跟在她身边，求她上车，但她拐进一条小路，奇德斯乐开不进去。从此以后费力克斯再没能跟她有任何交集，直至二十七年后，也就是 1970 年，他们相遇了，那时她已经嫁给一位叫德维恩·胡佛的庞蒂克经销商，而美国全国广播公司（NBC）总裁费力克斯刚被开除。

他只能回家寻根了。

9

前面提到过我曾同时杀了两个人，事情是这样的。

费力克斯原来在俄亥俄州立大学读人文科学专业。多亏他迷人的嗓音，大一时他就在学生广播电台担任重要职务，还被选为班里的副班长。1944 年春天，第二学期刚结束，他被责令入伍服役。

他本该在五月第二个周六到哥伦比亚报到，不过部队特许他在家多待一晚，第二天白天（也就是母亲节）再去报到。

那天没有人哭，其实也没什么好哭的，毕竟军队是要让费力克斯去做广播员。但那个时候我们不知道他是去做什么，我们没哭是因为父亲说，自古以来战时能为国家效力就是值得骄傲和开心的。

同时，马可·马力提莫的儿子也应召入伍。那时候马可和吉诺已经成为镇上最大的承建商。母亲节的前一晚，马可夫妇带着儿子来到我家，全家人哭得像婴儿一样，也不在乎被别人看见。

他们哭是应该的。他们的儿子胡里奥最后在德国壮烈牺牲。

* * *　　* * *

母亲节那天破晓时分，母亲还在睡觉，父亲、费力克斯和我来到来过不下百次的米德兰枪支俱乐部步枪射击场。周末早上去那里打枪是我们的惯例，虽然那时候我只有十二岁，但各类步枪、手枪、猎枪对我来说都不在话下。这不是什么稀奇事儿，当时有很多父子经常结伴来射击场打枪。

我记得当时弗朗西斯·莫里西警长也带着他的儿子巴奇去了。莫里西就是1916年老奥古斯特·巩特尔发生意外时，和父亲、约翰·福均一起去打鹅的那帮伙计中的一个。直到最近我才听说，是莫里西杀了老巩特尔，当时他不小心发动了手里的猎枪，就在距离巩特尔约三十厘米的地方，枪口正对着巩特尔的头。

所以才找不到巩特尔的头。

意外谁都可能碰上。为了不让莫里西的人生被意外摧毁，父亲那帮人把巩特尔的尸体扔到糖河里，让它顺流而下。

* * *　　* * *

母亲节那天早上，父亲、费力克斯和我并未带外国枪支。当时以为费力克斯要上战场，我们只带了 M1903 春田步枪。那时候春田步枪已经被 M-1 加兰德步枪取代，不再是美国步兵标准配枪了，但因其射击的精准性，狙击手并未停止使用。

那天早上我们都打得很好，我打得尤其好，引来众人称赞，但没人叫我"神枪手迪克"。直到那天下午我失手开枪打死了一位怀孕的家庭主妇后，这个绰号便如影随形。

* * *　　* * *

那天早上，我在射击场获得了嘉奖。射击结束后，父亲对费力克斯说："把钥匙给你弟弟鲁迪。"

费力克斯有点困惑："什么钥匙？"

不出我所料，父亲说的是他的"至圣所"。费力克斯直到十五岁才拿到那间屋子的钥匙，而我连碰都没碰过。"给他，"父亲说，"枪械室的钥匙。"

* * *　　* * *

我确实还不到可以拿枪室钥匙的年纪。费力克斯拿到枪室钥匙那年十五岁，年龄就已经偏小了，而我才十二岁。父亲一直对我的年龄没什么概念，直到我打死一位孕妇。警察到的时候，我听到他说我大约十六岁。

我的个头在同龄人当中属于高的，这可能是人们对我的年龄产生误会的原因。其实对任何年龄层而言，我的个头都算是高的，当时男性人口的平均身高远不到一米八二，我十二岁就已经一米八二了，估计是我的脑垂体故障了一段时间，后来自己调整过来了。我并未长成畸形，与同龄人唯一的不同之处就是我十二岁杀了两个人。

不过有段时间我的个头确实高得不正常，身体也很虚弱。可能我的身体曾想进化成超人，但迫于其他部位的反对，不得已放弃了。

***　　***

从枪械俱乐部回家后，我便拿到了这把钥匙。它就像一团火似的快把我的口袋烧出一个洞了。此外，我还得负责砍掉两只鸡头用作那天的晚餐，这曾是专属费力克斯的特权，他只让我在旁边看着他做，但现在他离开了，这就成了我的工作。这是另外一个我长大成人的证据。

这两只鸡的处决之地就在那棵被砍掉了的胡桃树的树桩那里。很久以前，马力提莫兄弟抵达米德兰市时，父亲和老奥古斯特·巩特尔就是在那棵树下共进午餐。在树旁的基座上还有一座大理石半身像，它也得在一旁目睹屠宰的全过程。这座雕像是伏尔泰的半身像，是父亲从奥地利的冯·福斯坦伯格家里获得的战利品之一。

费力克斯在杀鸡之前通常会扮演上帝，用低沉的嗓音对它们说"如果你还有临终遗言，现在可以说了"或者"最后看看这个世界吧"等。我们自己不养鸡，每周日早上会有位农民给我们带两只鸡来，它们的"小孔"会在费力克斯右手挥下弯刀的那一瞬间闭合。

而现在的费力克斯马上就要乘坐前往哥伦比亚的火车，然后乘坐巴士去佐治亚州的班宁堡①报到。因此这次杀鸡，是他在一旁观看，而我来挥动弯刀。

于是我抓住一只鸡的腿，把已经精疲力竭的它放在树桩上，然后我用玩具哨笛一般的声音轻轻地说："最后再看一眼这个世界吧。"

然后，鸡头被砍掉了。

* * *　　* * *

费力克斯在火车站亲吻了母亲，又和父亲握了手，便踏上了离开的火车。之后父母和我必须赶紧回家，因为我们要接待一位重要的客人共进午餐。她不是别人，正是美国总统的妻子埃莉诺·罗斯福。她正在各偏远地区访问军工厂以鼓舞士气。

只要是名人来到米德兰市，他／她一般都会被带到父亲的画室里来，因为米德兰市实在没什么好看的景点。通常来讲，名人到了米德兰市，就会去基督教青年会举办一场讲座、一场

---

① 班宁堡（Fort Benning）：美国陆军训练基地。

小型演唱会或乐器演奏会之类的，比如我小的时候见到的哥伦比亚大学校长尼古拉斯·莫里·巴特勒，演讲家、作家兼播音员亚历山大·沃尔科特，独角戏表演者柯尼利亚·奥蒂斯·斯金纳，大提琴手格雷格尔·皮亚提戈尔斯基等，都是在那这么见到的。

他们都说，罗斯福女士一定会说："真不敢相信我正站在俄亥俄州米德兰市这片土地上。"

之前父亲会滴几滴松节油和亚麻籽油在热风排气扇上，这样室内空气的味道会让人精神振奋。客人走进画室时，留声机里总是放着经典歌曲唱片，不过在父亲意识到做一名纳粹分子会招来麻烦后，他就再也不放德国音乐了。画室里总是备着进口红酒，即使在战时也从未断过；利德克兰兹干酪也是常备的，父亲还能讲出它的起源。

战争年代的肉类有着严格的定量配给，但即便如此，画室也总是有丰盛可口的食物，这真多亏了玛丽·胡布勒。她能从糖河里捕捞出许多鲇鱼和小龙虾，而且其他人认为不能食用的动物部位她也能拿来做出美味的菜肴。

* * *　　* * *

玛丽·胡布勒的猪肠：

把猪小肠切成五厘米的小块，反复清洗，多换几次水，直到清洗干净、没有脂肪颗粒为止。

锅中入水、洋葱、药草、大蒜，和小肠一起煮三至四小时，后佐以绿色蔬菜和粗玉米粉食用即可。

*　*　*　　*　*　*

1944年母亲节的午宴，我们就是用玛丽的猪肠这道菜招待埃莉诺·罗斯福女士的。她对这道菜赞赏有加，而且她很亲民，饭后还走进厨房与玛丽和其他用人友好交谈。以她的身份，当然有特工随行，我还记得其中一个对父亲说："我听说你有很多枪。"

特工对我们搜了身。他们肯定知道父亲曾经是希特勒的追随者，但现在洗心革面了，应该是这样的。

这名特工还问父亲，留声机里播放的是什么音乐。

"肖邦。"父亲说。这名特工还想接着问，父亲猜到了他要问什么，忙说："他是波兰人，波兰人，波兰人，波兰人。"

后来我和费力克斯搬到海地后说起这些事，才意识到已经有人提醒过这些来自城外的贵客：父亲是个冒牌画家，没有一个人请求要看看父亲的画作。

*　*　*　　*　*　*

如果有人出于无知或无礼向父亲提出了这样的请求，我猜父亲会给他们看粗犷画架里夹着的一张小画布。我觉得他的画架其实能夹住一张长三米六、宽两米四的画布。就像我前面提到过的，尤其是从这间屋子其他角度上看，这个画架很容易被误认为是断头台。

若将这个画架看作断头台，这张背朝访客的小画布，大概就是在断头台落刀的位置。这张画布是自我出生以来，我在这个画架上看到的唯一一幅画。一定有些宾客不辞辛苦地要看看这个画架，我觉得罗斯福女士一定看过了，而且我保证那些特工也看过了。他们巴不得把这个画室里里外外全都看个遍。

他们看到的只是二十岁的父亲在战前的维也纳作的画，落下的每一笔都充满想象、自信与希望。它是一幅裸体模特素描，是父亲从维也纳的亲戚家里搬出来后，在他租的画室里画的。画里有一扇天窗，在格子桌布上有红酒、奶酪和面包。

母亲会嫉妒那位裸体模特吗？她怎么会呢！画那幅画的时候，她才十一岁。

＊＊＊　　＊＊＊

这幅粗略的素描是我见过的唯一一幅父亲值得称赞的画作。1960 年他去世之后，我和母亲便搬去了埃文代尔的那个只有两间卧室的蜗居房里，那幅素描就挂在壁炉上面。夺走我母亲性命的正是这个壁炉。二战时期曾发生过一次原子弹爆炸事件，即"曼哈顿计划"①。这个壁炉台就是用那场事件遗留下的具有辐射性的水泥做的。

现在的米德兰市在国民军的掌管治理下，抢劫者几乎不可见，因此我猜那幅画还在那个破屋子里。对我来说，那幅画有着特殊含义，它见证了在父亲很年轻的时候，还曾有过想要认真努力生活的时候。

我甚至能想象，他在粗略地画完这幅颇有前途的素描后，无不震惊地对自己说："天啊！我终归还是个画家！"

但其实他不是。

* * *　　* * *

那天的午宴主菜是猪肠，搭配饼干、利德克兰兹干酪和咖啡。席间，罗斯福女士告诉我们，在绿钻犁的坦克武装战线上的男女是多么无私、多么正能量、多么令人骄傲；他们在那里没日没夜地战斗着，就连母亲节那天的午宴期间，画室还被外面轰隆作响的坦克震得直颤，当时那些坦克正开往试验场。试验场的前身是约翰·福均的奶厂，后来变成了马力提莫兄弟名下的"蜗居房社区"，即埃文代尔。

罗斯福女士得知费力克斯刚离家入伍，便祈祷他能够平安

---

① 曼哈顿计划（Manhattan Project）：美国陆军部于 1942 年 6 月开始实施利用核裂变反应来研制原子弹的计划。

归来。她对我们说，她丈夫的工作最艰难的部分就是不可能在不造成伤亡的情况下赢得战争。

罗斯福女士以为我十六岁了，因为我个子高，这思路跟我父亲一样。她觉得日后我也很有可能入伍，她当然希望不用再征兵了。

至于我，我希望在那之前我也能变个声。

她表示战争一旦胜利，美好新世界就会到来。饿者有所食，病者有所医，人们可以拥有言论自由及宗教信仰自由，也不会再有领导人胆敢声张非正义，因为一旦如此，全世界都会联合起来对付他们。世界上不会再有希特勒了，因为他在作恶之前就已经像臭虫一样被踩死了。

后来父亲问我有没有清理那把春田步枪。那是随着枪室钥匙一起落到我身上的责任：清理枪械。

费力克斯说父亲现在已经把原来赋予钥匙的荣耀与迷恋抛诸脑后了，因为他实在懒得去清理枪支。

* * *　　* * *

母亲对我拿到枪室钥匙这事儿很是吃惊，她之前对此毫不知情。我还记得罗斯福女士很有礼貌地问了我一些问题以弄清我对枪械的熟悉程度。

于是父亲很骄傲地告诉他们，费力克斯和我在小型武器这块比专业军人懂得都多，还说了很多国家枪支协会到现在都会用的说辞，即美国人爱枪是很自然也是很美妙的事。他说在费力克斯和我很小的时候，他就已经教我们有关枪械的知识了，就是为了让这项安全的爱好变成我们的第二天性。"我的儿子们从来没在用枪上出过意外，"他说，"因为对于枪械的敬畏已经成为他们神经系统的一部分了。"

虽然我没说话，但我对父亲说的有一点儿还是心存怀疑的，那就是对于费力克斯以及他的朋友、警长的儿子巴奇·莫里西来说，玩枪是不是一项安全的爱好。过去几年里，在父亲不知情的情况下，费力克斯和巴奇一直在枪室里偷拿各种各样的枪出来玩，曾经在耶稣受难像墓园打死几只正在墓碑上栖息的乌鸦；在牧羊人镇的高速公路收费站处击断电线，使得好几家农场的电话无法使用；在全市范围内打坏了不知道多少邮箱；还在神圣奇迹洞穴附近对着一群羊开了好几枪。

此外，米德兰市和牧羊人镇曾在某年感恩节联合举办了一次盛大的足球比赛，一群牧羊人镇的小混混在费力克斯和巴奇从球场回家路上堵住他们，想暴打他们一顿，但最终没能得手，费力克斯把他们吓跑了，他从被夹克盖住的腰带里拿出了一支上满子弹的柯尔特手枪。

他不是在吓唬人。

* * *　　* * *

不过显然父亲并不知道这些，他正就安全爱好的话题在那儿侃侃而谈。在罗斯福女士离开之后，他忙不迭地带我去了枪室去清理春田步枪。

那天对于大多数人来说只是母亲节，但对我来说，不管我有没有做好准备，那都是我成年的日子。以前我只杀过鸡，现在我成了这些枪支弹药的主人，我可以尽情享受玩枪的乐趣了，可以想象甚至真的把春田步枪抱在怀里。它也喜欢被人抱着；它天生就是要被抱着的。

我们对彼此的喜欢显而易见，那天早上我用它射击取得佳绩就是证据。于是我带着它，顺着梯子爬上了圆顶塔楼，想在那里坐一会儿。我透过窗户眺望城市的屋顶，感受着下面街道上轰隆隆的坦克，想着哥哥很有可能是去赴死。啊，生活是神秘的，也是甜蜜的。

我胸前的口袋里有一梭子子弹，从早上开始就放在那里，它们让我感觉很爽。于是我把子弹放进了弹匣，我知道这么做步枪也很享受，它欣然接纳了它们。

我向前滑动枪机上膛，然后将其锁住。现在这支步枪枪膛躺着一颗真子弹，枪身还被举起来了，处于待命状态。

对于任何一个像我一样懂枪的人来说，这并不算什么。我完全可以不发射子弹，轻柔地放下枪，撤回枪机，取出子弹，把它扔掉。

但是我扣动了扳机。

10

埃莉诺·罗斯福揣着走向美好新世界的梦想离开我家，前往下一个小城市——去鼓舞士气。因此她没能听见我打枪的声音。

父母听到了，邻居也听到了，但他们不确定听到的是什么，毕竟外面的坦克在前往试验场的路上，新引擎在首次使用石油的情况下发生突然回火，发出巨大声响。

父亲赶紧上楼看我有没有事，我其实没什么事，但脑子一团糨糊，好像游荡在太空似的。我听到了他的脚步声，但我并没慌张，甚至抱着春田步枪继续站在圆顶塔楼的窗口处。

他问我是否听到"砰"的一声，我说我听到了。

他问我是否知道这"砰"是什么声音，我说"不知道"。

下楼的时候我还在回忆着扣响扳机那一刻的甜蜜。用春田步枪对着这座城市射击如今已被我珍惜地收纳在记忆宝库中了。

我当时没对准任何东西，如果我曾有目标，现在是真不记得了。反正我是神枪手，如果我对准的是虚无，那么我打中的是虚无。

　　子弹是一种标志，是我从男孩长成男人的标志，任何人都不会为标志所伤的。

　　但是当时我为什么不用一枚空弹壳呢？这到底是一种什么标志呢？

＊＊＊　　＊＊＊

　　我把用过的子弹弹壳放进专门的垃圾桶里，之后这些"垃圾"会被倒进垃圾车里，最终成为伟大的"战时兄弟会"中的一位"弹壳无名氏"。

　　我把春田步枪拆解开来并对其进行清理后，又组装到一起。我的组装技术已经熟练到蒙着眼也能完成了。组装完成后，我把它放回了枪架上。

　　这新朋友真是太赞了。

　　我锁上枪室门，回到楼下的文明社会。那些枪不是随便什么人都能用的，但那些总是担心枪会出事的人也都是些傻瓜。

＊＊＊　　＊＊＊

　　罗斯福女士离开后，我便帮助玛丽·胡布勒打扫家里。父母并不知道我会做家务，毕竟他们从小到大周围总是围着一堆用人，对他们来说，这些用人就像幽灵似的，他们并不在意家务是谁做的，谁拿来或者拿走什么东西。

我绝对不是娘炮，对异装什么的不感兴趣。我是技法了得的枪手，会踢足球、打棒球等热血运动。即使我喜欢烹饪又有什么要紧？世界上最好的厨子都是男人。

我和玛丽·胡布勒在厨房干活，她洗盘子，我擦盘子。干活的时候，玛丽跟我说刚刚发生了她一生中最重要的事，那就是她见到了罗斯福女士；她以后会把这件事告诉她的孙子孙女；这件事的发生意味着她的人生已经到达了顶峰，之后她就开始走下坡路了，没有什么事会比这件事更有意义了。

这时前门的门铃响了。几年前在遭受来自穷孩子西莉亚·希尔德雷思的挫败之后，那个巨大的马车房门便锁上了。我们用回了那个普通的前门。

父母从来没应过门，所以开门的是我。门外站着的是警长莫里西，他看起来很不高兴，还神神秘秘的。他说他不想进门，尤其不想打扰到我母亲，因此希望我去叫父亲出来跟他聊一会儿，还说在和我父亲谈话的时候，我也需要在场。

我敢保证，我完全不知道会有什么麻烦。

于是我把父亲叫了出来，我以为父亲、莫里西警长和我将要做一些男人才能做的好事，这些事女人最好不要听到，她们可能理解不了，于是再次出门前我还拿抹布擦了擦湿漉漉的手。

莫里西在年轻的时候意外用枪打死了奥古斯特·巩特尔，

这事儿我现在是知道的，但是当时不知道。

他悄声对父亲和我说，《号角观察报》的都市版编辑乔治·梅茨格有一位怀孕的妻子，名叫埃勒维茨·梅茨格，他们住在距离这里大约八个街区的哈里森大道上；她在自己家的二楼客房里用真空吸尘器打扫卫生时被枪打死了，窗户上还留着子弹穿过留下的洞。

她的家人都在楼下，发现吸尘器一直在运转却不挪地方，便担心是不是发生了什么意外。

莫里西警长说，子弹正好从梅茨格女士的眉心穿过头部，她去世时可能并没感觉到疼痛，她甚至不知道是什么击中了她。

子弹在二楼客房地板上找到了。虽然它穿过了那么多东西，但得益于其坚硬的铜制外壳，子弹并未受损。

"正式的调查还没开始，"莫里西说，"我现在是以老朋友的身份问你们俩一些问题，你们就把我当成一个普通人、一位绝世好爸。你们当中有没有人知道一小时以前一颗击中她的 30 口径铜护套步枪子弹能从哪里射出？"

我简直要死了。

但是我没死。

***　***

父亲很清楚这子弹从哪来的。他听到了那声枪响，还在圆顶塔楼那看到我抱着春田步枪站在梯子顶端。

他倒吸一口气,空气经过他紧闭的牙齿发出"嘶"的声音,就好像一个忍耐力极强的人受了严重的伤,因疼痛而发出的声音。他说:"哦,上帝啊。"

"是的。"莫里西说。他全身上下都在向我们传达这样一个信息:这是个不幸的意外,可能发生在任何人身上,但现在落到了我们身上,我们会为此付出巨大代价,绝不会有任何转机。就他而言,他会使出浑身解数,让公众多少能理解并接受我们犯下的事,如果有可能的话,我们甚至还能让公众相信这子弹是从别的地方来的。

这镇上拥有三十口径步枪的当然不止我们这一家。

于是我心里稍稍舒坦了一些。这里有一位智慧而强大的成人,就是我亲爱的警长先生,他仍然坚定地相信我没有做坏事,我只是倒霉而已,但可以确信的是,我不会再这么倒霉了。

我深吸一口气,告诉自己:肯定不会再这么倒霉了。

11

这样的话，一切都会恢复如常。

我坚信如果不是父亲后来做的事，父亲、母亲和我的人生都会好起来的。

父亲认为，鉴于他身份尊贵，必须行为高尚，并无其他选择。"虽是孩子做的，"他说，"该负责任的却应该是我。"

"你先等一下，奥拓……"莫里西想警告他些什么。

但是父亲并未理会，他转身跑回家里，冲着母亲、玛丽·胡布勒和其他能听到的人大喊："该负责的人是我！该责怪的人是我！"

接着来了更多警察。他们倒不是为了逮捕我或者我父亲，甚至不是来审问我们的，只是来向莫里西报告案件进展。他们自然不会在莫里西还未发号施令的情况下做出伤害我们的事。

于是这些警察也听到了父亲的忏悔："该负责的人是我！"

＊＊＊　＊＊＊

养育了两个孩子、手持真空吸尘器的孕妇碰巧会在母亲节做些什么呢？她肯定是在请求能有一颗子弹射中她的眉心，不是吗？

＊＊＊　＊＊＊

费力克斯因为要去佐治亚州当兵，已经坐上了部队的车，因此这些乐趣他自然是错过了的。多亏了他大义凛然的声线，让他成了那车人的头头。不过相比较父亲和我当时经历的事，费力克斯的事就都是毛毛雨啦。

但是令人吃惊的是，这些年来费力克斯很少评论那个灾难性的母亲节。不过就在我俩搬到海地之后的刚才，他问我："你知道为什么那个老男人要认罪吗？"

"不知道。"我说。

"这对他来说，是生命中第一次真正的冒险，他要最大化地利用它。终于有点事发生在他身上了，他一定要竭尽所能地让它长久！"

＊＊＊　＊＊＊

父亲确实在这部戏中挑起了大梁。他不仅毫无必要地认了罪，还拿着铁锤、铁锹、凿子和我杀鸡用的弯刀，迈着沉重的脚步走到枪室门口。他自己有把钥匙，但他没用，他把门锁砍下来砸碎了。

所有人都畏怯了，没人敢阻止他。

我觉得如果他把那点罪责都归到我身上，事情是不会发展到这种地步的。现在他把罪全揽了过去，而且只属于他，并占据他的余生，而我看起来就和母亲、玛丽·胡布勒、莫里西警长及八个小警员一样，只是一个黯淡又无辜的旁观者。

他用手里的锤子猛敲架子上的枪，虽然没有把所有的枪都砸坏，但至少也被砸弯或者砸凹，而几把旧式枪都被砸碎了。如果那些枪至今完好无损地被我和费力克斯继承了下来，现在能值多少钱？我估计十万美元是有了。

父亲顺着梯子爬上了我最近常去的圆顶塔楼，把它的底座砍了下来。后来马可·马力提莫说，拿着一把那么不合适的小工具做这事本应该是不可能完成的。但父亲却做到了，他使劲一掀，底座便摆脱了没剩几根的破旧绳子，跳着滚下了板岩屋顶，撞倒了风向标，这堆东西全部砸到停在下面车道上的莫里西警长的警车上。

之后，死一般的沉寂。

我和其余的观众都站在枪室楼梯的下面向上看。父亲献给米德兰的这场好戏简直让人毛骨悚然，现在它终于落幕了，男主角就站在我们上方，以蓝天为背景，以春风为伴奏，满脸通红，喘着粗气，但莫名地看起来很满足的样子。

12

　　我猜父亲和我被抓去监狱的时候，他一定很吃惊。虽然他没有承认过，但我想他肯定以为砸了枪支、毁了房子就能解决一切。费力克斯也同意我的猜想。他想在犯罪"账单"出来之前就为他所犯下的罪行——对孩童持枪的"信任"以及发射出来的子弹——买单，多高尚啊！

　　当我看到背抵天空、站在梯子顶端的父亲时，我曾高兴地以为："上帝会付全款，会付全款！①"

　　但警察把我们逮到了拘留所。

　　母亲因此卧病在床一周不起。

　　马可和吉诺两兄弟带着手底下几十个工人来我家，在天黑

---

① 这里呼应的是上文中罪行"账单"。

之前把屋顶那个大洞用沥青纸补上。他们是自愿来的，没人叫他们。我们被抓之后，镇上的人听说了我们惹的麻烦，自然而然地都在同情被我击中的那位已育有两个孩子的女士和她的丈夫。

我之前提到过，埃勒维茨·梅茨格在被我射杀时已经怀孕了，因此我算是射杀了两个人。

你知道《圣经》里是怎么写的吗？

"汝不应杀生。"

***　　***

父亲似乎认为自我谴责、自我毁灭的桥段很值得经历一番，因此莫里西警长放弃援救父亲和我。父亲举着双手，我们遵照警长的指示在警督和速记员的照管下离开。父亲告诉我，一定要确切描述我开枪的整个经过，因此我的问题都回答得简洁而真挚，速记员把这些都记录了下来。

之后父亲在就他的责任进行陈述时是这么说的："他只是个不懂事的小男孩，我和他的母亲无论是从道德上还是法律上都要对他的行为负责，但他玩枪这件事除外。不论他用枪做了什么事，只有我需要为这件事负全责，而且只有我需要为今天下午发生的不幸负全责。他一直是个好孩子，未来他会长成一位坚强而正派的男人。我对他没有任何责备之意，是我把枪和弹药给了他，完全没有考虑到他现在实在太小了，不应该在没有监管的情况下给他。"接着他发现我当时只有十二岁，并不是他以为的十六岁左右时他说，"他和这件事无关，我可怜的妻子也和这件事无关。而我，奥拓·沃茨，作为一名心智健全的成年人，在此郑重声明，只有我需要被惩罚，我为我的灵魂深感担忧。"一旁的速记员把这些话全部记了下来。

＊＊＊　　＊＊＊

我们认罪之后并未被释放，我估计他又吃了一惊：忏悔都这么义正言辞、情深意切了，他们还想要什么呢？

他被带到警署总部地下室的小房间里，而我被带到三楼顶楼上一间更小的囚犯室，那里收监的都是妇女及十六岁以下的未成年人。我去的囚犯室里只有一名囚犯，她是一名来自外市的黑人女性，因在灰狗长途公共汽车上打了白人司机被抓了起来。她老家在美国深南部①，就是她给我讲的"小孔理论"，即人在出生的时候，他的"小孔"就会被打开；死亡的时候"小孔"就会关闭。

这个理论在美国深南部一定非常流行。她说她对打了那个白人感到很抱歉，虽然那个白人侮辱了她的种族出身。"我并没

---

① 深南部（Deep South）：或"Lower South"，是美国南部的文化与地理区域名称。深南部的定义并不统一。一般情况下，是将阿拉巴马州、佐治亚州、路易斯安那州、密西西比州和南卡罗来纳州视为深南部的范围。有时得克萨斯州和佛罗里达州也被视为深南部的一部分。美国深南部也是一直以来种族问题和冲突最严重的地区。

有让我的'小孔'打开，但它有一天自己打开了，然后我就听见别人说，'这是个黑人，太不幸了'；而那个被带到医院去的白人，他的'小孔'在打开之后听到的话是，'这是个白人，太走运了'。"

过了一会儿她悲伤地说："我的'小孔'打开了，我看到了一位女性，我问'你是谁'，她说'我是你妈妈'；我问'妈妈，我们过得好吗'，她说，'不好，我们没有钱，没有工作，没有家。你的父亲是做苦工的囚犯，而我，除了你还有七个孩子要养'；然后我说，'妈妈，如果你知道怎样能把我的'小孔'关上，你就放手去做吧'；她说，'孩子，不要怂恿我做这样的事。这是一个恶魔在借你之口让我作恶呢'。"

然后她问我，一个衣着考究的白人男孩为什么会到监狱里来。我告诉她我在清洁步枪的时候惹出了意外，不知怎么搞的子弹被打出去了，打死了一名身在远方的女性；虽然我父亲并不觉得准备辩护是靠谱的，但我已经开始在准备了。

"噢我的上帝啊，"她说，"你的所作所为使得一个'小孔'关闭了。这感觉肯定不好，肯定不好。"

* * *　　* * *

我顿时感觉好像我的"小孔"才刚打开，甚至还不能适应周遭所有的景象和声音，我只知道我父亲已经把我家房顶砍掉了，而且每个人都说我是个杀人犯。这个世界变化实在太快了。

快得都让我喘不过气。

不过警署总部看起来还是很静谧的。这样一个周日的夜晚，这里应该不会再发生什么事了。

在米德兰市，一名众人皆知的杀人犯被关进监狱这事儿有多普遍？那个时候我没法了解到，不过后来我查阅了1944年的犯罪记录，可以看出杀人犯可谓是珍稀物种，全年被侦查到的杀人犯（不限类别）总共就八个，其中三个是醉酒驾驶发生事故、一个是单纯的交通事故、一个是在黑人夜总会打架斗殴、一个是在白人酒吧里打架，还有一个就是错将小叔误认作窃贼实施枪杀，然后就是我和埃勒维茨·梅茨格的这个案子。

由于我是未成年人，检察院没办法对我提起公诉，只能对我父亲提起公诉。莫里西警长在很久之前，觉得父亲和我还有救的时候，就已经把这些给我解释得很清楚了。因此我虽然尴尬，但很安心。

事发之后，父亲和我已经决定要俯首认罪了，但我并不知道在莫里西警长眼里，这非但是没必要的，还会激怒公众，因为这会让人觉得，我们似乎很以射中梅茨格夫人为傲、认为梅茨格一家性命不值一钱。于是警长把父亲和我看作是危险的蠢蛋。而另一方面，父亲和我如此大张旗鼓地认罪，自认为像电影明星一样出尽了风头。

我们失去了莫里西的庇护，同时一场实验性质的、随心所欲的、磨磨蹭蹭的、残缺不全的私刑即将上演。刚开始我面朝下趴在行军床上，试图忘掉之前发生过的一切，这时突然一桶冰水把我整个儿浇透。

两个警察抓住我的脚把我提起来，用手铐把我的手缚在背后，给我在脚踝处拴上脚镣，把我拖到同楼层的另一间办公室里，说是要提取我的指纹。

我个子很高，但是我很弱，跟一盒火柴一样轻。我唯一拥有的刚强的力量型技能就是会处理枪支后座。在枪械俱乐部的射击场上，经过父亲和哥哥的调教，不论我体重多少力量多大，我都能在枪不离手的情况下，心中充满趣味性与满足感地消解大型步枪、霰弹猎枪或手枪后座反射向我的情况，并准备好接下来一次又一次的射击。

我不仅被采了指纹，我还被采了"脸纹"——警察先是把我的手按进一个装有黏糊糊的黑色墨水的浅锅里，又把我的脸摁了进去。

然后我被拽了起来，屋里有个警察说我现在变成了一个彻头彻尾的黑鬼① 了。直到那一刻我才意识到，我之前的信仰是多么愚蠢——我竟然相信这些警察是我的好朋友、是所有人的好朋友。

＊＊＊　　＊＊＊

街对面的法院老楼地下室有一个"候宰楼"，是嫌疑犯等

---

① 黑鬼（Nigger）：是英语里对于黑人极具侮辱性的称呼。这里作者用来表达对于伪善现实的讽刺。

待审判的地方。我即将被押往那里以示公众。母亲节还未过去，已经是夜里十点了，法院大楼早已人去楼空，地上的楼层灯都灭了，只有地下室灯火通明。

警察认为出现在公众面前的我不能看起来过得很好的样子，身上还应该有些记号，表明他们对我的所作所为十分愤怒。但是他们不能打我，因为之前他们打过一名成年罪犯，好像引起了公众的同情，所以他们只是把我的脸摁在黏糊糊的墨水里滚了滚。

这一切都明确违反了美国宪法中的《人权法案》。

* * *　　* * *

后来我就被带到了法院大楼地下的大笼子里。这个长方体笼子是由重型网状围墙及竖直铁管组成，四面对看客都是开放的。笼子里有一些木制长凳，估计够三十个人坐的；里面还有很多痰盂，但是没有洗手间。如果笼子里有人有这方面的需求，他们必须提出请求，会有专人陪同他们到附近的洗手间去。

来了之后我的手铐脚镣就都被取下了。

看官们都还没来，不过那些把我带过来的警察站在笼子外面，向我展示了我接下来会看到的场景——许多许多钩住铁网的手指。这些人为了能仔细地看清楚我，会一个接一个贴紧铁网，手指便自然而然地钩住了网上的洞。

就像看猴子一样。

＊＊＊　　＊＊＊

　　都是些什么人来看猴子呢？许多人都是警察的朋友或者亲戚。警察邀请他们的时候肯定会说："那个今天下午枪杀了孕妇的孩子我们已经抓到了，我们把他关押在法院大楼的地下室里。如果你想去看看，我可以带你进去。不过你可要保密，不要跟任何人说，我们可不想招来一大帮人。"

　　但是这些来看我的贵客都是些显赫的市民，即对一切事务都有求知需求的严肃领导。警察在电话里对他们说，认为有些重要的事情需要他们看看，因此他们觉得最好来看一下，这是职责所在。有些人还带着自己的家人来看我，甚至还抱着婴儿。

　　据我所知，只有两个人对警察说，把一个男孩关进笼子里供众人参观是很不好的事情，是中世纪才会做的恶事，云云。他们便是吉诺和马可两兄弟，在补好了我家圆顶塔楼的洞之后就收到了这可恶的邀请，好像这是世间最文明的事儿似的。他们是我们家唯一终生不变的真朋友，这些事也是他们告诉我的。

　　　　＊＊＊　　＊＊＊

　　我之前提到过作家、演讲家兼播音员亚历山大·沃尔科特，他曾是我们家的座上宾。他为后世作家创造了一个非常美妙的词汇，"被墨浸染的悲惨之人"。

　　他一定是去笼子那里看我了。

* * *　　* * *

　　我连着两小时都坐在那把长凳上没挪地儿。不论别人跟我说什么我都不张嘴。有时候我坐得笔直，有时候我驼着背、低着头，用沾满墨的手堵住沾满墨的耳朵或捂住眼睛。就这样一直坚持着，我的膀胱都快爆了。我宁愿尿裤子都不愿开口说话。为什么？因为一旦说话，我就成了跳梁小丑。我就成了来自婆罗洲[①]的野人。

* * *　　* * *

　　过去在法院大楼的草地上曾有公开绞刑这种刑罚。在和很年迈的老人交流之后，我确定我是自公开绞刑以来，所有示众的罪犯中唯一一个来自米德兰市的。用残忍、罕见这样的词汇都不足以用来形容对我的惩罚，真的可以说是绝无仅有的凶残。但是对所有人来说这很正常（除了马力提莫兄弟），因为正如我之前提到的，我那天下午枪杀的女人不偏不倚正是《号角观察报》的都市版主编乔治·梅茨格的妻子。
　　不过在乔治·梅茨格到这之前，我的观众都表现得好像他们对于奚落坏人已经是手到擒来了。他们可能在梦里演习了很

[①]　婆罗洲（Borneo）：即加里曼丹岛（Kalimantan Island），是世界第三大岛。位于东南亚马来群岛中部。

多次，并理直气壮地认为我应该对他们报以充满敬意的关注。

于是我听到了很多这样的话："嘿，你，说你呢！对就是你！"以及"真他妈的，你抬起头来看着我，你个狗娘养的！"诸如此类。

我听说过很多朋友或亲戚战时受伤或死亡的故事。有些伤亡是发生在家乡的，他们都是工伤事故的受害者。如果道德可以用简单的加减来计算，军工厂所有的士兵、水手和工人都在冒着生命危险为这个世界增加良善，而我的所作所为却是在做减法。

我是怎么看待我自己的呢？我觉得我是罪人，我甚至不应该再继续活在这世上。任何在屋顶上对着城市用 M1903 春田步枪射击的人都是脑子坏了。

如果我对那些看客有所回应，我想应该是自己不停地喃喃自语："我一定是脑子坏了，我一定是脑子坏了，我一定是脑子坏了。"

＊＊＊　　＊＊＊

西莉亚·希尔德雷思来过这间牢笼了。自糟糕的毕业舞会之夜以来，我已经有一年没见过她了，但我一眼就认出她了。她依旧是镇上最美的女人。我不觉得警察会认为请她这么美的姑娘来这种地方是适宜的，被邀请的一定是她挽着的德维恩·胡佛。我如果没记错的话，这位德维恩是陆军航空兵的民警一类的。

那天由于某些原因他并未穿制服。我认识他是因为他在机动车方面很在行，父亲曾雇他改装过几次奇德斯乐。后来德维恩娶了西莉亚，还成了市里最成功的机动车经销商。

十二年前，也就是 1970 年，西莉亚喝德拉诺（一种由碱性溶液和锌片合成的下水道清洁剂）自杀。这是我能想象到的最可怕的自杀方式——选择在米尔德里德·巴里艺术中心启动仪式几个月前自杀。

西莉亚明知艺术中心马上就启动了，新闻、电台、政治家等都在说它会使米德兰市人民的生活改头换面。但是她手里有一罐贴满了可怕的警告标签的德拉诺，她等不及了。

我年轻的时候，也经历过痛苦。

13

在了解海地的"巫毒教^①",包括诅咒、符咒、丧尸^②以及能寄生在人或物身上的善念或邪念等之后,我很疑惑,很久之前坐在旧法院大楼地下的牢笼里的人是不是我很重要吗?只要市民相信这一切都是黑魔法搞的鬼,坐在长凳上的是一根被打磨得造型奇异的骨头或棍子、长着一头枯草似的头发的干泥娃娃,还是我本人,起到的作用不都一样吗?

---

① 巫毒教(Voodooism):又译"伏都教",由拉丁文"Voodoo"音译而来。源于非洲西部,是糅合祖先崇拜、万物有灵论、通灵术的原始宗教,有些像萨满教。巫毒教是黑人运动的一个组成部分,也是海地文化的根基。

② 丧尸(Zombies):巫毒教最著名与最恐怖的特色是丧尸,叫还魂尸。如果有人得罪别人,那人会找巫师对付仇人,巫师会让他吃下河豚毒素,那么他就会进入奇怪的假死状态,成为奴隶,在庄园干苦工。

这样每个人都能安心一阵了——厄运被关起来了。它就在笼子里的长凳上畏缩着呢。

不信你自己看。

$$* * * \quad * * *$$

夜半，所有市民都被赶出了地下室。"差不多了，老兄，"警察吆喝着，"演出结束了，同志们。"他们就这么露骨地称我为"演出"，对他们而言我就是个地方剧场。

但我没被带出笼子。如果我能去洗个澡，在干净的被褥里睡死就好了。

但更悲催的来了。地下室还有六个警察，其中三个穿着制服，三个穿着便服，每个人都佩戴手枪。我很了解这些枪，不仅能说出它们的制造商及口径，能在拆解、清理之后再组装起来，还知道枪油的流向。如果他们把枪交到我手里，我能跟他们保证，这些枪永远不会卡壳。

如果枪卡住了，场面会很尴尬的。

那六个警察是《鲁迪·沃茨秀》的制片人，他们在地下室的举动表明现在是幕间休息，后面还有好几场戏。可能因为幕布已经被放下来了，这段时间他们并未理我。

楼上有扇门开了，有人喊了一声"他来了"，接着门又关上了。这声叫喊像是给这帮警察打了鸡血似的，他们附和着"他来了，他来了"。他们没说是谁，但我想一定是位很了不起的人物。这时我听到了他下楼的声音。

我心中飞过很多想法：他可能是"刽子手"；可能是父亲的老朋友警长弗朗西斯·莫里西，他到现在还没露过面呢；当然也可能是我父亲。

来者是乔治·梅茨格，三十五岁成了鳏夫，妻子是被我射杀而亡。他那个时候比我现在还年轻十五岁，完全就是个小年轻。不过在当时的我看来，他就是个老男人，秃顶，身形瘦削，行为随便，穿着一条灰色法兰绒长裤、一件花呢运动外套，打扮得和米德兰市任何一个男人都不一样（后来我在俄亥俄州立大学认出来，那身衣服是英语教授的制服）。他的工作就是整天在《号角观察报》码字、编辑。

那时我并不知道他是谁，他从来没来过我家，搬到这个镇上也仅一年。他是从《印第安纳波利斯时报》被挖过来的，可谓是"报纸业的吉普赛人"。经过后来的几轮诉讼才知道，他生在威斯康星州基诺沙的穷苦人家，毕业于哈佛大学，曾两次在欧洲的运畜船上工作。我的辩护律师提出的唯一对他不利的信息，就是他曾经是共产党员，在西班牙内战时期曾试图到亚伯拉罕·林肯旅[①]当兵。

---

① 亚伯拉罕·林肯旅（Abraham Lincoln Brigade）：西班牙内战期间，约有来自五十二个国家的四万人自愿来到西班牙加入国际纵队（International Brigades）反抗法西斯，其中有两千八百位美国人，他们被统称为"亚伯拉罕·林肯旅"。

他戴着角质架眼镜，双眼哭得通红，也可能是吸烟太凶被熏的（下楼的时候他就在抽烟），接他来的警探跟在他身后。

他的举止倒是让他看起来像个罪犯，一直颓废地抽着烟。估计直到他被人抵在墙上，行刑队准备行刑了，嘴里还叼着那根烟呢。

如果警察在我眼前把这名悲伤的陌生人枪毙了，我一点都不会觉得奇怪。但事实却让我惊掉了下巴，我到现在都不敢相信那是真的。射杀孕妇的后果注定会复杂得让人难以置信。

要让我记起第一次与乔治·梅茨格的对峙，我真的承受不住。对付这类痛苦的记忆我有一个诀窍，那就是不断告诉自己：那只是一出戏，戏里的人物都是演员，他们的言语、动作都是情节设定的，而我也在里面友情出演。

于是，好戏开场了：

幕布升起

半夜的地下室里，六位警察靠墙站着。男孩鲁迪被关在房间中央的牢笼里，浑身沾满了墨水。这时，乔治·梅茨格抽着烟走下楼梯，他的妻子刚被男孩射杀。梅茨格身后跟着一个颇具司仪气质的警探。警察们无比兴奋，因为接下来要发生的事一定很有趣。

梅茨格	（看到鲁迪的样子吓了一跳）噢,老天啊。这是什么?
警探	这是射杀贵夫人的男孩,梅茨格先生。
梅茨格	你们对他做了什么?
警探	您不用担心,他好着呢。要不要让他给您来个歌舞表演? 我们能让他唱歌跳舞呢。
梅茨格	你们当然能。（鼓掌）好吧,我已经见过他了。现在能把我送回家了吗? 我还要看孩子。
警探	我们希望您能对他说几句话。
梅茨格	这是规定?
警探	不是,先生。但是这里的警察和我都觉得,您应该得到这样一个难得的机会。
梅茨格	我在你的陪同下来到这里这事儿,在外人眼里是很正规。（略感不安地顿了顿,接着说）但这不是一次正规的会面。这……（顿了一下）很不正规。
警探	现在这儿没人。我在家里睡觉,您也在家里睡觉,这些警察也都在家里睡觉。是不是啊伙计们?

（警察以各自不同的方式纷纷表示同意,比如打鼾等。）

梅茨格	（嫌恶又好奇）我这么做对你们这群绅士有什么好处?
警探	如果您要拿走我们中任何一个人的枪并开枪,而子弹又不巧打在这位年轻而富有的纳粹分子的脏脸上,我绝不会怪你。不过之后我们得帮您收拾残局,

这样的残局可是不少，您知道要收拾干净很辛苦的。

梅茨格 所以你觉得我只要言语攻击他就行了？

警探 很多人是用拳脚说话的。

梅茨格 所以我应该把他揍一顿。

警探 上帝啊，当然不是。你怎么能这么想呢？

（周围的警察装作一想到狠揍就害怕的样子。）

梅茨格 我只是问问。

警探 小伙子们，把他带出来吧。

（两名警察赶紧把牢笼打开，把鲁迪拖出来。鲁迪恐惧地奋力挣扎着。）

鲁迪 那是个意外！对不起！我不知道！（等等求饶的话）

（这两名警察把鲁迪摁在梅茨格面前，方便梅茨格打他、踹他或者他想怎么发泄都行。）

警探 （对鲁迪和梅茨格说）许多人都是从楼梯上摔下去的，一经发现我们就得把他们带到医院去。这是很常见的意外。到目前为止，这种意外都发生在卑贱的酒鬼或者没有自知之明的黑鬼身上，我们还从来没接手过自作聪明的未成年杀人犯呢。

梅茨格 （一脸生无可恋的表情，对什么都不感兴趣）这一
天过得真糟心。

警探 就不想打他一顿吗？伙计们，把他的裤子扒下来，
以便这位先生能打他的屁股。（警察们把鲁迪的裤
子扒下来，让他转过去并压弯他的腰）谁给这位先
生拿点什么东西来方便他打这小子的屁股。

（站在一旁的警察们去找能用作鞭子的东西，其中
一位在地板上找到一根大约六十厘米长的绳子，骄
傲地递给了梅茨格。梅茨格冷冷地接了过去。）

梅茨格 非常感谢。

警察甲 随时为您服务。

鲁迪 对不起！那是个意外！

（所有人都屏住呼吸等待着第一鞭。梅茨格没动弹，
只是仰头说话。）

梅茨格 上帝啊，世间就不该有人这种动物！我们不该过这
样的生活！

（梅茨格扔掉了鞭子，转身走向楼梯，脚步沉重地

走上楼去。没有人动弹。楼上的门开了，又关了。鲁迪仍然被压弯腰站在那儿。二十秒钟过去了。）

警察甲　　（如梦初醒般）上帝啊，他怎么回家？

警探　　　（如梦初醒般）走着回去。这个时候，外面很适合散步。

警察甲　　他家离这儿多远？

警探　　　六个街区吧。

幕布下

＊＊＊　　＊＊＊

现实当然并不完全是这样，有些细节我记不起来了，但大致没错。

警察让我直起身来穿上裤子，我那阴茎小得可怜。他们依旧不让我洗澡，不过梅茨格先生成功地警醒了这帮无知的草包警察，他们的所作所为有多疯癫。

于是我不再被公示了，很快就被送回了家。

因为我射中的是梅茨格先生的太太，他不仅能够让警察对我不再那么粗鲁，还有能力劝市民多少体谅我一下，而他真的这么做了。在我过失杀人一天半之后，他在《号角观察报》的头版发布了一篇很短的声明：

"我的妻子是被一种任何人都不该拿在手里的器械所杀。它那就是枪械。它能让人类最黑暗的念头在远距离处瞬间成真——这种邪念就是终结生命。

　　"你心中是有邪恶的。

　　"我们无法摆脱人类一闪而过的邪念，但我们能摆脱让邪念成真的器械。

　　"在此，请允许我告诉你们一个圣洁的词：缴械。"

14

我被关在笼子里的时候，另一拨警察正在街对面的警察局里殴打父亲。他本来不该拒绝莫里西警长为他铺好的逃脱劫难的路，但现在后悔也来不及了。

那些警察几乎是把他扔下了楼，还故作不知，嘴里说着种族歧视的言论。父亲后来回忆说，他躺在楼梯下面，有个人跨站在他身上问他："嘿，纳粹分子，现在成了黑鬼，感觉如何？"

我和乔治·梅茨格对质之后，他们带我去看父亲。他在地下一间屋子里，被打得浑身是伤，意识涣散。

"看看你这不堪的老爹，"父亲说，"简直是一无是处。"我不知道他是否关心我的境况，反正我是没看出来的关心。他戏剧性地将自己完全沉浸在无助和无用的情绪中，也不问我这段时间是怎么过的，而且我觉得他根本没注意到他亲爱的儿子浑身都是墨水。

他开始忏悔年轻时太过放荡，以至于自己的性格被酒精和妓女吞噬成今天这般模样，也不考虑我那个年纪听这些是否合适。如若不是那个时候他的自我忏悔，我可能永远不会知道他曾和老奥古斯特·巩特尔以博物馆和画室做幌子度过的荒唐岁月。如果我没告诉费力克斯，他也永远不会知道这些。至于母亲，我当然不会告诉她，因此我确信她也未曾了解过。

　　鉴于那些都是很久之前发生的事，对于一个十二岁的孩子来说，就当是听故事了，心理上总归是可以承受的。但是父亲后来说的话我确实很难接受。他说，纵然他有全世界最好的妻子，他现在还是经常招妓。

　　他已经破碎不堪了。

* * *　　* * *

　　那时警察已经没那么兴奋了，有些人可能还会疑惑自己到底做了些什么。可能是因为莫里西警长"适可而止"的指示传达给下面的警察了吧。

　　父亲拒绝请律师，所以没有律师来保障我们的权利。不过一定是地方检察官或者什么人发话，让他们赶紧停止胡闹把我送回家去。

　　不管怎么说吧，见过父亲之后，他们就让我坐在走廊上一个硬长凳上等。我那时候浑身上下都是墨，感觉孤苦无依。警察在我面前来来去去，看都不看我一眼，或许我那时候拔腿走了也不会有人发现。

后来，一位穿着制服的年轻警察站在我面前，一脸被迫去丢垃圾的样子，对我说："走吧，杀人犯，我接到命令要带你回家。"

墙上的钟显示那时是凌晨一点。依照法律，我只是父亲过失犯罪的目击者。除非我再以目击者的身份出现，否则不用再协助调查了。之后会有一轮验尸官审讯，作为目击者的我需要出庭做证。

* * *　　* * *

于是这名普通的警官开车送我回家。路上他的眼睛虽然看着道路，却满脑子都在想我。他说我的余生就应该在对长眠于寒冷地下的梅茨格夫人的悔过中度过，如果他做了这样的事，他一定会自杀的。他还说梅茨格夫人的亲戚迟早会找上我，可能在某个我想象不到的时候，比如第二天，或者我长大成人，成了家里的顶梁柱的时候；到时候来找我的不论是谁，都可能会让我付出巨大的代价。

我当时头昏脑涨，奄奄一息。如果不是这名警官非要让我记住他的名字，大概我根本不会知道他叫什么。他告诉我他叫安东尼·斯夸尔，还说我肯定会投诉他，毕竟警察待人接物都应彬彬有礼，要投诉的话记住名字很有必要。他说在我到家之前，他会叫我小纳粹混蛋、猫屎粒之类的，不过他还没决定好叫我什么。

他还跟我解释了虽然他只有二十四岁，却没被征入军队的原因——因为他父母从小一直打他，把他的鼓膜打破了。"他们还曾经把煤气灶点上火，把我的手放在上面烧。"他说，"你的父母曾经这么对待过你吗？"

"没有。"我答。

"现在应该这么教训你了，"他说，"也可能已经晚了。亡羊补牢，为时已晚。"

这段对话也是我从自己陈旧的记忆中提取出来的，细节方面可能有漏洞，整体差不多是这样的。但我敢以个人名誉担保，他当时说了这么一句话："你知道我以后打算拉着其他人叫你什么吗？"

"不知道。"我说。

他回答道："神枪手迪克。"

* * *　　* * *

那天晚上没有月亮，院子里很黑，他没有陪我走到家门口。车灯灯光打在车道上一个破损物件上，之前路上从未出现过这种东西。毫无疑问，那就是圆顶塔楼的残骸和著名的风向标，从警长车上搬下来之后就扔在车道上。

前门像往常一样上了锁。周围邻居素质大幅下降，而我家又存有那么多艺术珍品，因此我家大门夜间都上锁。我兜里有一把钥匙，但那不是前门的钥匙。

那是枪室的钥匙。

***　　***

顺便一提，安东尼·斯夸尔警官很多年后成了刑警头头，后来患上了神经衰弱，现在已经不在人世了。那枚中子弹爆炸的时候，他正在新假日酒店兼职做酒吧招待，中子弹把他炸死了。

巧克力泡沫底蛋糕是这么做的：

将二十三克的半甜巧克力掰碎放入深平底锅里，将锅放入二百五十度的烤箱使巧克力融化。

碗中打四个蛋黄，放入两茶匙糖，充分打发直至淡黄色后，倒入巧克力液中，加入四分之一杯黑咖啡和两汤匙朗姆酒，搅拌均匀。

打发三分之二杯冷鲜奶油至坚挺后，将其搅进上述液体中。

打发四个蛋白直至能提拉出坚挺的角后，将其倒入上述混合物中，慢慢搅拌。搅拌充分后，用勺子舀入纸杯中（一杯是一人的量）。放入冰箱冷藏十二小时。

此菜谱是六个人的量。

***　　***

1944 年的母亲节终于过去了。我被锁在家门外，离日出还有几小时。我拖着疲惫的身子穿过黑暗缓缓移到后门。那是我唯一的希望了，但它也上了锁。

没人吩咐用人给我留门，也没有用人与我们同住，因此要进家门只能叫醒母亲。但我并不想见她。

在此之前，我没有为我所做的一切以及别人对我做的一切流泪。但现在，我站在后门，痛哭流涕。

哭的声音太大了，引得附近的狗冲我狂吠。

屋里有人打开了后门的黄铜锁。门开了，母亲艾玛站在门口。她涉世未深，跟个孩子似的。从学校毕业后，她从未担负过任何责任、做过任何工作或者家务，她的孩子都是用人带大的，她在家里就是个花瓶。

厄运本不该降临在她身上的。但现在她穿着一件薄薄的睡衣站在门口，没有丈夫、用人或者拥有完美男低音的大儿子的陪伴，只有我在跟前，一个又瘦又丑，声音又细的小儿子还是个杀人犯。

她并不打算拥抱我，或者亲吻我沾满墨水的额头，她的样子绝对称不上是有情有义。看看费力克斯奔赴战场之际她是怎么做的，先是握了握他的手以示鼓励，火车出发不到一公里之后，她还冲他飞吻。

上帝啊，我绝对不是要声讨这个与我共同居住了多年的这个女人。父亲去世后，我和她如"夫妻"一般相依为命。我们拥有彼此，也只拥有彼此。她并不是缺德，她只是没用而已。

"你身上沾了些什么东西？"她问。她指的是我身上的墨水。她在保护自己，不想让自己也沾上这些东西。

她完全想不到，我可能不希望她来开门。我的计划就是自己想办法进家门，一头倒在床上，用被子蒙住头睡一觉。即使放在现在我也会这么想的。

于是我这位母亲就一直让我站在门外，问我父亲什么时候回家，一切都进展得如何，云云。我甚至都看不出来她到底想不想让我进门。

她需要好消息，所以我告诉她，我很好，父亲也很好；父亲很快就会回家了，但他必须要留在那解释一些事情。然后她让我进门了，我按照计划倒在了床上。

这样的假消息日复一日、年复一年地宽慰着她，直至她生命终结。她在濒死之际变得剑拔弩张、尖酸刻薄，就像乡下的伏尔泰似的，愤世嫉俗又怀疑一切。尸检结果称她脑部有几个小肿瘤，医生表示这或许是导致她性格大变的原因。

* * *　　* * *

乔治·梅茨格起诉父母并赢了官司，父亲被送去坐了两年牢。作为赔偿，除了几件很重要的家具和头顶上不加雕饰的屋顶，父母几乎把名下一切财产都给了他。那个时候才知道，母亲所有的财产都登记在父亲名下。

父亲未做任何有效的自我辩护。他不接受众人建议，执意自己做自己的律师。他在被捕之后就陈情自己有罪，在验尸官审问时他又俯首认罪。提审时他身上被打得青一块紫一块，所有人都有目共睹，他却只字未提。而他作为他个人及我本人的律师，对于致使只有十二岁的我被浑身抹满墨水、接受公众唾骂违反了多少条法律，他也不申请立案。

公众对任何事都不觉羞耻，而我父亲对任何事都感觉羞耻。我父亲堪称装腔作势、矫揉造作的大师，最终变得像纸杯一样任人蹂躏。他当然知道自己算不上什么狗屁神圣，一直这么过活就是因为钱不停地进来，而有钱就能使鬼推磨。

让我震惊的不是父亲是如此能屈能伸。

让我震惊的是母亲和我对此一点也不吃惊。

什么都没改变。

* * *　　* * *

顺便一提，审讯会那天恰好是梅茨格夫人葬礼的前一天。审讯会结束后，我和母亲一回到家里就接到了远在班宁堡的费力克斯的电话。他说鉴于他在部队大巴上展现出的超凡领导力，基本训练还没开始，一名长官就推荐他做代理下士，并去预备军官学校进修十三周。

电话这头的我没说话，但是一直在听着。

费力克斯问家里一切都还好吗，父母不会告诉他真相的。

母亲对他说："你知道的，我们就像老夫子似的，就这么按部就班地过。"

15

　　在此次案件的诉讼中有一名律师为父亲辩护，但父亲还是
成了阶下囚。事实证明，如果父亲选择私下和解，把他拥有的
一切都赔偿给乔治·梅茨格，他还能好过一点，至少他不用在
庭上听别人证明他是希特勒的追随者、从未认真工作过、只是
假装自己是个画家、高中之后就没再接受过教育、年轻时在别
的地方被捕过几次、经常侮辱有正经工作的亲戚等。

　　讽刺的事情实在太多，足以击沉一艘战船了。代表乔治·梅
茨格出庭的年轻律师刚开始其实是为父亲辩护的。他叫伯纳
德·凯彻姆。验尸官审讯的时候，马力提莫兄弟把他带到父亲
面前，非让父亲当场雇他做辩护律师并开始工作。凯彻姆没去
当兵是因为他有一只眼是瞎的，是小时候被他的玩伴用气枪打
瞎的。

　　凯彻姆在做梅茨格的代理律师时对父亲非常冷酷。不过，

如果父亲雇他做辩护律师的话，他也会对梅茨格不留情面的。他在审讯时一直在提醒陪审团，梅茨格夫人当时正在孕中，并把腹中胚胎的孕育形容成市里一项极为重要的任务。鉴于孕检结果显示胎儿是个女性，他一直用"她"来指代那个胚胎；凯彻姆没有见过"她"，但他对那个胎儿的描述详细得像是亲眼见过一般，连手指和脚趾都没有略过。

也因此在几年之后，我和费力克斯决定雇凯彻姆做我们的代理律师，对美国核管理委员会、马力提莫兄弟建筑公司以及俄亥俄河谷装饰混凝土公司就使用放射性石砖制造壁炉致使我母亲死亡一事提起诉讼。

我和费力克斯买下这间旅馆的钱就是从那场官司中赢来的，老凯彻姆还成了我们的合伙人。

在那场官司中，我对凯彻姆说："不要忘了告诉评审团，是母亲给了我们完美的手指和脚趾，是母亲给了我们生命。"

* * *　　* * *

父亲败诉之后，我们没有钱给用人付工资，因此不得不遣散他们，玛丽·胡布勒和其他用人含泪离去。他们走的时候父亲还在监狱里，因此至少他不用经历这些揪心的离别。用人走后的第二天早上，我和母亲在各自的房间里醒来，不约而同地走到阳台上俯瞰一楼大厅，侧耳细听、用力吸气。

没有人在做饭。

没人在楼下做清洁，整理床铺。

监狱里的父亲所幸也不用经历这么可怕的早晨了。

一切重新开始。

那天早上自然是我做的早饭。对我来说这很简单平常。从那时起，我成了母亲的家仆，后来成了父母二人的家仆。他们在世时，从来没做过饭、洗过碗、整理床铺、洗衣服、扫灰、吸尘、扫地，甚至是购置食物等家务，都是我做的，这么忙我还能在学校里保持平均成绩在 B 的水平上。

这男孩多好啊！

* * *　　* * *

十三岁的男孩鲁迪·沃茨的法式焗蛋是这么做的：

将两杯量的菠菜氽熟、沥干水分并切碎，加入两汤匙黄油、一茶匙盐和少许肉豆蔻，搅拌均匀后分别放入三个耐热的碗或杯中。

每个碗里放三个水煮蛋，撒点芝士碎，放到一百九十摄氏度的烤箱里烤五分钟。

这就能够熊爸爸、熊妈妈和做饭的熊宝宝三个人吃的，熊宝宝在吃完后还得洗碗呢。

* * *　　* * *

诉讼结束后，乔治·梅茨格便带着两个孩子去了佛罗里达。

据我所知，他们再也没回过米德兰市。其实他们在这里只住了很短的时间，还没来得及在这里落地生根，甚至没结识到可以在日后写信联系的朋友，梅茨格夫人就莫名其妙地被不知道从哪儿来的一枚子弹射中了眉心。

梅茨格的两个孩子一个叫尤金，一个叫简。在学校里，他们其实跟我一样被别人避之唯恐不及。反过来，那些父亲或哥哥战死沙场的孩子在交朋友方面也并没比我们好到哪儿去。不管我们愿意与否，我们都是被嫌恶的人，因为我们都和死亡握过手。

欧洲中世纪时期，麻风病病人身上需要戴个铃铛提醒别人离自己远一些。我们就好像麻风病病人一样，不论去哪儿，别人都离我们远远的。

真有意思。

* * *　　* * *

我最近才发现，尤金是以印第安纳州泰瑞豪特的劳动英雄尤金·德布斯① 命名的；简则是以伊利诺伊州塞达维尔的社会改革家、诺贝尔奖获得者简·亚当斯② 命名的。这两个孩子比

————————

① 尤金·德布斯（Eugene V. Debs, 1855—1926）：美国劳工领袖，世界产业工人协会创始人之一。

② 简·亚当斯（Jane Adams, 1860—1935）：被誉为"社会工作"之母，也是妇女参政运动的领袖之一，社会活动家，改革家，美国第一位被授予诺贝尔和平奖的人。

我小很多，所以我们在不同的学校上学。我也是最近才知道，他们在佛罗里达的学校里像我一样受人排挤。

梅茨格一家的消息自然是从他们的律师，现在是我们的律师——伯纳德·凯彻姆那里得来的。

现在我五十岁了。三十八年前，我用一颗子弹毁了梅茨格夫人的人生、我的人生以及我父母的人生。三十八年后我才敢打听梅茨格一家的境况。凌晨两点，旅馆里为数不多的客人都睡了，我们就在泳池旁边，包括费力克斯和他的第五任新太太，凯彻姆和他的第一任，也是唯一一任太太，和我。我的太太呢？谁知道呢！我可能是个同性恋，但我也不敢打包票。我还从来没和别人做过爱。

那天晚上他们都在喝香槟，我没喝。我滴酒不沾，除非是加在菜里的。自从十二岁误杀事件发生之后，我再没喝过咖啡或茶，也没吃过药，任何类型的阿司匹林、泻药、抗酸药或抗生素我都没吃过。这对于一个注册药剂师兼市里唯一一家二十四小时营业的药店里的常年夜班员工来说，简直称得上是奇闻逸事了。

爱咋地咋地吧。

那天晚上我为我们这群人准备了巧克力泡沫底蛋糕作为惊喜消夜。蛋糕是我前一天做的，还剩一人份的。

那晚我们自然是思绪良多，很多事不论是否私密，都有所袒露，毕竟家乡刚被一枚中子弹屠了城。如果我们没搬到海地接手这家旅馆，我们的"小孔"恐怕也就跟着一起闭合了。

其实在我们听到家乡发生致命爆炸时，我引用了一句来自富于同情心的英语老师威廉姆·考珀的诗（小时候他一直阻止我自杀）：

> 天行有密道，
> 常人不可知；
> 足迹植于海，
> 车驾凌于风。

吃完巧克力甜点，我对凯彻姆说："说说梅茨格一家的情况吧。"

听到这话，费力克斯放下了勺子。梅茨格一家在我家里一直是禁忌话题，这很大程度上自然是出于心理上的自我保护。而今我就像拿来一盘甜品一般随意地打破了这禁忌。

老凯彻姆也被吓了一跳，他惊讶地摇了摇头，说："我从未想过沃茨家的人会问我关于梅茨格家族的近况。"

"战后我回到家里问过一次，"费力克斯说，"只那一次我就不想再问了。战争年代我拥有过辉煌人生，积累了很多战后能用得上的人脉，那时我确信战争结束后，我就能赚很多钱，很快就能成为大人物。"

他确实是个大人物。后来他成为 NBC 的总裁，拥有楼顶房和豪华汽车等一切。

但就像他们说的，他的风光"结束得也很快"。十二年前，也就是他四十四岁的时候，他被 NBC 解雇，从此再没能找到合适的工作。

对费力克斯来说，这家旅馆就是天赐之幸。

"因此我回家的时候可谓是世界公民，"费力克斯接着说，"任何国家任何城市，包括我的家乡，对我来说就是一个我可能定居也可能不定居的地方。谁他妈在乎住哪儿啊？家里只要有个话筒就行了。所以在我眼里，父母和弟弟与那些曾路过的、饱受战争蹂躏的穷苦城镇里的当地居民别无二致。他们跟我诉过苦，但在我眼里他们就像普通市民一样向我诉说烦恼，然后我向他们表达我心不在焉的同情。但这件事我真的有关心过的，我确实很关心的。

"作为一个旁观者，我试图看到这件事好的一面，我还推测说曾一文不名的梅茨格一家在拿到百万美元的赔偿金之后过上了好生活之类的。

"我母亲是我见过的最没个性的女性之一。直到她生命的最后，她的脑子里长了几个肿瘤，性格才有所变化。"费力克斯继续讲道，"我在说完这些之后，她打了我一巴掌，那时候我是个播音员，身上还穿着制服。我倒没有被伤着或者怎样。

"然后父亲就冲我大吼：'梅茨格一家用他们的钱做了什么事跟我们没有任何关系！那是他们的事！听见我说的了吗？我永远都不想再听见这个名字！我们是穷人！我们为什么要想象百万富翁的生活来扰乱我们的心智、伤害我们的感情！'"

＊＊＊　　＊＊＊

凯彻姆告诉我们，乔治·梅茨格举家搬到佛罗里达了。选择搬到那里是因为锡达礁市有一家周刊社对外出售，气候温暖宜人，而且离米德兰市很远。他以合适的价格买下了那家报社，然后他用剩下的钱投资了靠近奥兰多的一片空地，面积多达两千英亩。

"财富永远跟着傻瓜走，"凯彻姆在评价1945年梅茨格那项投资时如是说，"朋友们，乔治把那片不起眼的大草原登记在他两个孩子名下，如今那里建起了迪士尼乐园，那可是人类历史上最成功的家庭娱乐综合设施！现在它还为那两个孩子所有呢！"

我们虽然远离海洋，但潺潺的流水声一直是我们对话的背景音乐——泳池旁的海豚雕像一直向池子里吐温水。这只海豚自酒店建成以来就孜孜不倦地工作，我们并不知道它接连何处，就像酒店服务生领班希波吕忒·保罗·德·米勒一样。我们不知道他属于哪里，只知道他是巫毒教信徒。

他说只要自己愿意，他就能让死了很久的丧尸站起来并到处走。

我对此深表怀疑。

"我会让你刮目相看的，"他用克里奥尔语对我说，"以后找个机会让你见识一下。"

　　　　　　　＊＊＊　　＊＊＊

　　凯彻姆还说，乔治·梅茨格还活着，中等收入水平，经营着锡达礁那家周刊报社。他给自己留了足够的钱生活，因此他并不在意别人是否喜欢他的报纸。其实在很早以前，他的广告商和订阅者就移情别恋，关注另外一份周刊了。那家报纸在战争、武器、男人的手足情谊等方面的观点并不像梅茨格的报纸那样另类。

　　所以他们家只有他的孩子是富人。

　　"有人读他的报纸吗？"费力克斯问道。

　　"并没有。"凯彻姆答。

　　"他再婚了吗？"我问道。

　　"也没有。"凯彻姆说。

　　费力克斯的第五任妻子芭芭拉表示，老乔治·梅茨格独居在锡达礁让人无法接受。芭芭拉在我眼里是第一位对费力克斯忠诚的伴侣，她跟我们一样，是米德兰市本地人，从小就在米德兰的公立学校接受教育。她原来是 X 光技师，曾经给费力克斯的肩膀拍过片，他们因此相识，那年芭芭拉才二十三岁。现在她怀了费力克斯的孩子，并对这个孩子即将到来欣喜无比。她坚信孩子能够让人生更完整。

　　芭芭拉怀的是费力克斯第一个婚生孩子。他曾有一个私生子，战争中被他带到巴黎抚养，但现在这孩子已经不知去向。而他其他的老婆对避孕这事儿很在行，并没为他生过孩子。

　　接着，可爱的芭芭拉对老乔治·梅茨格的话题发表了她的观点："但是他有孩子呀，他们敬爱他，了解到他是多么伟大的英雄。"

"他们已经好几年不理他了。"凯彻姆不加掩饰地流露出满意之色。他只是喜欢看到生活变得糟糕，这是他的一个怪毛病。

芭芭拉悲痛不已地问："为什么？"

凯彻姆自己的两个孩子也因为他这个怪毛病不再理他，并逃一般地离开了米德兰市——也因此幸运地躲过了中子弹爆炸。他们都是男性，一个在越战时期逃到了瑞典，在那里和酒鬼打交道；另外一个则没能从他父亲的母校哈佛法学院毕业，去了阿拉斯加做焊接工。

凯彻姆一脸愉悦，他的霉运和其他人的霉运一样让他舒心："你的宝宝很快就能问你这个好问题了——为什么，为什么，为什么？"

尤金·德布斯·梅茨格后来定居希腊雅典，弄到了几艘飘着利比里亚国旗的游船，从事油气运输行业。

至于他的姐姐简·亚当斯·梅茨格，凯彻姆说她和一名原为剧作家的捷克难民住在夏威夷群岛中的莫洛凯岛①，现在在岛上自家牧场里饲养家马。

"她寄给我一部由她爱人写的戏剧，"凯彻姆说，"她觉得说不定我能为这部戏找到制作人，毕竟原来在米德兰市的时候，我一转身就会撞倒一位制作人。"

---

① 莫洛凯岛（Molokai）：在 1859 年夏威夷政府把那些麻风病患者流放到了这个孤立的岛上，用近五百五十米高的悬崖把其和岛屿的其他部分隔开。

听到这儿，费力克斯引用了"百老汇的每盏灯下都有一颗破碎的心"这句歌词，并拙劣地对它稍加改动，替换成了米德兰市的主要干道——"哈里森大道的每盏灯下都有一颗破碎的心。"说罢，他起身去为自己添了些香槟。

前往酒店区域的台阶被一名海地画家堵住了，他在等一个去镇上寻欢作乐的旅客回来，结果等睡着了。他画过关于亚当、夏娃和蛇的画作，色彩鲜艳夺目。他也画过海地的乡村生活，不过因为他绘画的功力还不到家，因此画中人的手都揣在兜里。他的这两幅画和其他画作一起挂在楼梯一侧的墙壁上。

费力克斯没有叫醒他，而是恭敬地从他身上跨过去。但凡费力克斯看起来有一点踢他的意图，他都会惹上大麻烦。这里可不再是普通的殖民地了。在人类历史上，海地是唯一一个因奴隶起义成功而获得独立的国家，奴隶击败了奴隶主，开始自主内政与外交。这么想想你就明白了——若有外国人要让他们回归奴隶生活，他们必会予以反击。

因此在我们买下这家酒店时就被警告说，如果有白人或黄种人以一种"奴隶主对待奴隶"的方式攻击甚至恐吓海地人，他一定会进监狱。

这是可以理解的。

* * *　　* * *

费力克斯去添酒的时候，我问凯彻姆那位捷克难民写的剧本怎么样。他说他没有资格评论，简·梅茨格也没这个资格，因为剧本是用捷克语写就的。"是她告诉我那是个戏剧，"凯彻姆说，"说是非常搞笑。"

"肯定比我的剧本搞笑。"我说。有件事挺恐怖的：二十三年前，也就是 1959 年，我参加了一个由考德威尔基金会赞助的戏剧写作大赛，我赢得了最终胜利，奖品就是我的戏剧会由专业导演执导并在格林尼治村的里斯剧场上演。那部戏的名字叫作《加德满都》，主人公就是和父亲化友为敌的奶场场主约翰·福均，最后的结局是他被葬在加德满都。

那时候我和哥哥与他第三任妻子吉纳维芙一起住在格林尼治村，我睡沙发。那年费力克斯只有三十四岁，但他已经是 WOR 广播电台① 的总经理，穿从伦敦定制的西装，并即将成为天联广告公司② 电视部部长。

《加德满都》只演了一场。对我来说那真是弥足珍贵的一晚，我得以远离米德兰市，远离一切纷扰。那种欢乐直到现在我搬到了一个我不再是"神枪手迪克"的地方后才重新拥有。

① WOR 广播电视台（Radio Station WOR）：位于纽约的广播电视台，创建于 1922 年，在二十世纪三十至八十年代属于美国四大电台之一。内容以新闻和脱口秀为主。

② 天联广告公司（Batten, Barton, Durstine & Osborn）：位于纽约市的著名广告公司，百事可乐、百事食品、联邦快递、VISA、梅赛德斯—奔驰、箭牌等知名公司都是其客户。

16

　　纽约评论家对此感到很诧异——《加德满都》的作者竟然是在俄亥俄州立大学药剂学毕业的。他们还从戏里看出我从来没去过印度或尼泊尔——这很明显，毕竟剧情有一半是发生在这两个地方的。如果他们知道，我从初中就开始写这部剧，他们一定会觉得很感动；但如果他们知道，曾有一位从未去过任何地方、从未对什么上心、也从未有过性生活的英语老师告诉我，我应该成为一名作家、我拥有这方面的天赋，他们一定会觉得很悲哀。不过这位英语老师拥有一个很"戏剧"的名字：内奥米·舒普。

　　她很同情我，我知道她也很同情自己。我们的生活真是糟透了！她年迈而孤单，试图从书页中找寻快乐，却被别人笑话。

我是个"社交麻风病人"①，不过我也没什么时间去交朋友。一放学我就得去采购食物，一到家我就要开始准备晚饭，我要在锅炉房用故障了的美泰格洗衣机洗衣服，要伺候父母和偶尔拜访的客人用晚餐，餐后还要洗碗（早饭和午饭的脏碟子也是那时候刷）。

接下来就是我做作业的时间，一直做到眼睛实在睁不开了，再一头倒在床上睡觉，经常是没脱衣服就睡了。第二天早上六点起床熨衣服、清理地板、伺候父母吃早饭，还得把做好的午饭放进烤箱里保温，最后把床铺都整理好后再去上学。

我在自习室学习时不一会儿就睡过去了，舒普女士把我叫到她的小办公室里谈话。她在办公室的墙上挂了一幅艾德娜·圣·文森特·默蕾②的画像，因此她还得告诉睡眼惺忪的我，她是舒普小姐而并非画中人。她听我说完我的作息后问我："你做了所有家务，那你父母做什么呢？"

关于这个话题我对着年迈的舒普女士实在难以启齿。我的父母过得如同行尸走肉一般，除非有人到访，否则他们整天穿着睡衣和室内拖鞋在家里晃。他们经常眺望远方，有时他们会轻轻地抱住彼此叹息。他们就是丧尸。

----

① 社交麻风病人（social leper）：前面作者提到过，麻风病人过去身上会戴一个铃铛，用以提醒人们避开以免感染。作者用麻风病人形容自己，比喻他受排挤、没人愿意接近他的境况。

② 艾德娜·圣·文森特·默蕾（Edna St. Vincent Millay, 1892—1950）：美国历史上第一位得到普利策诗歌奖的女性。

如果希波吕忒·保罗·德·米勒为了逗我真的让尸体站起来了，我会对他说："我以前见过了。"

* * *　　* * *

于是我对舒普女士说，父亲在家里做木工，当然也花了很多时间作画，有时还做一点古董生意。但事实上，上一次父亲摸那些工具还是他砍屋顶、砸枪支的时候。我没见过他作画，古董生意也只是出售他在人生高峰期从欧洲淘回来的玩意儿，但这些在那次事件后其实也所剩无几了。

这是我们获取餐费和暖气费的其中一个渠道，另一个现金来源则是母亲在德国的一个亲戚为她留的一点遗产。诉讼结束后她才继承下来，否则梅茨格一家会把那点钱也拿走。不过我们最主要的现金来源就是费力克斯，即使我们什么都没跟他要，他也极其慷慨地往回寄钱。

至于我母亲，我跟舒普女士说的是她在家做园艺，也帮我分担了很多家务，还会帮父亲打理古董生意，其他时间会给朋友写信、看书等。

不过舒普女士想向我了解的是我的一篇命题作文《我最敬爱的米德兰人》。我写的是在我六岁那年死于加德满都的约翰·福均。她说这是她从业教学工作四十年来见过的最好的一篇学生作文，她激动地流下眼泪，我则害羞得耳根都红了。

"你真的一定会成为一名作家的，"她说，"而且你必须尽快离开这座将死之城，越快越好。"

"你一定要有追求的勇气，这是我本该拥有的，"她说，"我们都应该拥有这种勇气。"

"追求什么呢？"我问。

她是这么回答的："你自己的加德满都。"

*** ***

她说她最近一直在观察我："你好像一直在跟自己对话。"

"还有别人跟我说话吗？"我说，"那种算不上对话。"

"是吗？"她说，"那算什么呢？"

"什么也不算。"我说。我没跟任何人说过那是怎么回事，包括她，"那就是一个在紧张的时候会有的习惯。"她很希望我能把所有的秘密都毫无保留地告诉她，但我从来没让她满意过。

不论是对她还是对其他人，冷若冰霜似乎是最安全也是最明智的选择。

我跟她说的是，那是在唱歌——是一种黑人开创的拟声唱法。他们发现这是一种赶走悲伤的好方法，我试了一下，感觉不错。我经常这么自己唱歌："布滴布滴喔普喔普，斯凯迪喂，斯科滴喔普，比迪奥普，比迪奥普！"

几十年过去，离家数十公里，我还是会低唱："福德利呀，福德利呀，藏里帕多普，发……"

*** ***

我从《号角观察报》找到的奥地利榛果蛋糕的做法：

半杯糖和一杯融化了的黄油充分搅拌至无颗粒，打两个蛋黄进去，再加半茶匙碎柠檬皮。

一杯面粉中加入四分之一茶匙的盐，一茶匙的肉桂粉，四分之一茶匙的丁香粉，过筛后加入上面的黄油混合物中。将一杯未脱皮的杏仁和一杯烤榛子切碎后，加入混合物中。取三分之二的生面团擀平至七厘米厚，并铺满五十四厘米的烤盘的底部和侧面。取一杯半的覆盆子酱倒在铺着面皮的盘子里。擀平剩下的生面团，切成八个六厘米的细条，分别将细条拧一下，交叉置于烤盘顶部，压好边后去掉多余面团。

烤箱以三百五十度预热后，将奥地利榛果蛋糕放入烤箱烘焙一小时，然后取出放凉至室温。

这可是一战前风靡奥地利维也纳的点心！

*** ***

我一直没对父母提过想要做作家的事。后来我在报纸上看到奥地利榛果蛋糕的做法，学着给父母做了一次，他们惊喜不已。

父亲从他行尸走肉的状态中活了过来，他说这甜点让他回到了四十年前。在他精神再次涣散之前，我跟他说了内奥米·舒普女士对我说的话。

"她是半鸟半女人的怪物。"他说。

"不好意思先生，您是说谁？"我说。

"舒普女士。"他说。

"我不明白您的意思。"我说。

"很明显她是塞壬①，那是一种半鸟半女人的怪物。"

"我知道塞壬是什么。"

"那你应该知道她们会用美妙的歌声引诱航海者触礁。"
他说。

"是的先生，我知道。"在开枪打死梅茨格太太后，我把
所有的成年男子都称呼为"先生"。这种习惯就像拟声唱法一样，
我可以假装我是底层的士兵，这样能为我艰难的生活增添一丝
轻松。

"那你记得为了避开塞壬的诱惑顺利航行，奥德修斯②做
了什么吗？"他问我。

"我忘了。"我说。

"你现在必须做他曾做过的事，"他说，"不论谁在什么时
候告诉你，你有某种艺术天赋，我只希望你能记得这句话，我

---

① 塞壬（Siren）：塞壬源自古老的希腊神话传说，在神话中的她被塑造成一名人面鸟身的海妖，
飞翔在大海上，拥有天籁般的歌喉，常用歌声诱惑过路的航海者而使航船触礁沉没，船员则成
为塞壬的腹中餐。

② 奥德修斯（Odysseus）：在希腊神话里，英雄奥德修斯率领船队经过墨西拿海峡的时候，事先
得知塞壬那令凡人无法抗拒的致命歌声，命令水手用蜡封住耳朵，并将自己用绳索绑在船只的
桅杆上，方才安然渡过。

真希望我父亲曾对我说过这话。"

"是什么呢，先生？"我说。

他说："堵住你的耳朵，我的孩子，把自己绑在桅杆之上。"

* * *　　* * *

"我写了一篇文章，是有关约翰·福均的，她看过后说我写得很好。"我坚持道。我真的很少坚持什么事。在我浑身沾满墨水，被关在牢笼里的那段时间里，我得出一个结论：无欲无求才是为我、为我身边的人着想——不要有兴趣爱好，不要有目的动机，这样我就不会再伤害到别人。

换句话说，我不会再接触地球上的任何东西——男人、女人、小孩、手工艺品、动物、植物、矿物……它们都连着推拉式炸药炸弹，一碰就会造成伤害。

不过之前几个月我熬夜写就的、让我激动不已的命题作文，对于我父母来说就像当天的突发新闻似的。他们从来没问过我学校的事。

"约翰·福均？"父亲疑惑道，"他有什么好写的？"

"我把作文拿来给你看看。"我说。舒普女士已经把文章返还回来了。

"不不，"父亲说，"你说就行了。"我现在回想起这个细节，发现可能那时他已经有阅读障碍了。"我很好奇他有什么好写的，因为我太了解他了。"

"我知道。"我说。

"你为什么不问问我关于他的事呢？"他问。

"我并不想叨扰你，"我说，我忍住没说"你有很多事要思考"这句话。但是我知道因为对希特勒的崇拜，父亲失去了约翰·福均这个朋友，这对他来说是一段伤痛。我已经给他带来太多痛苦了，我已经给每个人都带来太多痛苦了。

"他是个蠢蛋，"父亲说，"亚洲就没什么亟待发掘的智慧。就是那本该死的烂书毁了他。"

"詹姆斯·希尔顿写的《消失的地平线》①。"我补充道。这本书在我出生后一年，也就是 1933 年出版，当时获得了巨大反响。它是在讲，在一个与世隔绝的小国里，没有人企图伤害别人，没有人变老，每个人都很快乐，但其他国家并不知道有这个地方的存在。希尔顿把这个虚构的伊甸园安放在喜马拉雅山上，为它取名叫"香格里拉"。

约翰·福均的妻子去世后，就是这本书鼓舞着约翰动身前往喜马拉雅。当年，哪怕一个受过教育的人，都会忍不住把那个美妙的地方想象成基德船长的宝物②的宝物一样，藏在地图

---

① 《消失的地平线》（*Lost Horizon*）：初版于 1933 年 4 月，作者是英国的詹姆斯·希尔顿（James Hilton）。主要讲的是二十世纪三十年代，四名西方旅客意外来到坐落在群山之中的香格里拉后发生的故事。

② 基德船长（Captain Kidd）：基德是英格兰有史以来最为引人注目的海盗船长，素有"海盗之王"的称号。他在死前给妻子留下四组数字：44-10-66-18，世人一直流传着有关这组数字和藏宝图指向的宝藏的故事。

上某个地方，更何况约翰没受过教育。加德满都有很多游客，约翰·福均的路线是他们到达那里的唯一途径，顺着从印度边界延伸出来的小路穿过山脉和森林。这条路直到 1952 年，也就是我从医学院毕业那年，才建设完工。

如今，他们在那里建起了一个大机场。天啊！那里已经通航了！我的牙医赫布·斯达克斯到目前为止已经去过三次了，他的候诊室里摆满了他从尼泊尔带回来的艺术品。他们一家人也因此有幸躲过一劫——中子弹爆炸时，他们在加德满都。

***　　***

父亲对我写约翰·福均的故事，还看过《消失的地平线》很吃惊："你怎么知道的？"他的表情就好像看到一个超乎感官知觉的奇迹发生在我身上似的。

"我在公共图书馆看旧报纸的时候知道的。"我说。

"哦，他们那还保存着旧报纸呢？"他有点吃惊地说。我觉得他从来没去过公共图书馆。

"是的，先生。"我说。

"天啊，那旧报纸肯定很多，"他感叹道，"日复一日，周复一周的……"于是他问我，"人们是不是整天泡在图书馆里，都像你一样挖掘历史？"大概在他看来，曾经那些记录他过去的报纸没被销毁是个巨大的错误。不过我碰巧读到过一些旧报纸，上面刊登了他写给编辑的信，都是在赞扬希特勒的。

"好吧，"他说，"我当然是希望你从来没读过这本书。"

"《消失的地平线》吗？我已经读过了。"我说。

"你一定别把那本书当回事，"他说，"那都是胡说的。任何地方都可以是香格里拉。"

如今五十岁的我开始相信这句话了。

来到海地之后，我一直向他人阐述这种观点，这对青少年时期的我来说是完全不能接受的。不久后我们必须返回米德兰市，趁着这届政府还在位，取回属于我们自己的财产，并向政府索赔。现在的局势已经很明显了：这座城镇马上就要变成难民中心了，可能还会竖起围墙。

于是我有一个黑暗的想法：可能这次中子弹爆炸并不是意外。

于是，不论在什么场合，乃至在我们返回家乡短暂的时光里，每当提到米德兰市，我都会用"香格里拉"来替代它。凯彻姆一家、我哥哥和嫂子无条件接受了它。

17

　我第一次做奥地利榛果蛋糕那晚，也就是我告诉父亲想做作家的那晚，父亲扑灭了我理想的小火苗，并要求我做一名药剂师。我顺从了，最后成了一名药剂师。费力克斯对此事评论说，父母对很多事情感到很不安，其中包括害怕失去最后一位用人，也就是我，这其实可以理解，我很同意他的说法。

　父亲按照惯例点燃一根雪茄，抖灭火柴后扔到剩下的奥地利榛果蛋糕上。他再一次向我申明："做药剂师！遵循你身上那点家族基因！咱家的人就没有艺术天赋，以后也不会有！你应该能体会到这么说让我有多难受！但是我们就是商人，我们也只能希望成为商人！"

　"费力克斯就很有才华！"我反驳道。

　"每个马戏团小丑都有才华，"父亲回应道，"是，他确实拥有世界上最深沉的声音，但是你听过他没人供稿、自己组稿的时候说的东西吗？"

看我没有说话，他便接着说道："你、我、你母亲和你哥哥都继承了固执、淡漠、迟钝、缺乏想象力、不通音律且傲慢无礼的德国血统。这种血统唯一的美德就是不停地工作。你看看我，我曾经就被奉承、被欺骗、被溺爱，最后我自以为是地脱离了我本该从商的命运。那种工作虽然单调乏味，但是对社会有用。可现在呢？你可不要像我一样违抗你的天命。就做你天生注定要做的事：做个药剂师！"

* * *　　* * *

因此我成了药剂师。但我并没有放弃写作，我只是不再提它了。后来年迈的内奥米·舒普再跟我提起我的写作天分时，我完全不予理会，直接告诉她我第一热爱的专业就是医药学，我并不希望因为别的事分神，于是我又失掉了一个朋友。

后来我进入俄亥俄州立大学，成为一名药剂学专业学生。在学校里我可以选一定数量的选修课，因此大二的时候我选修了戏剧写作，没人看见，我也没跟别人说过。授课的人是詹姆斯·瑟伯[①]，他在哥伦比亚长大，后来去了纽约写滑稽剧，我

---

① 詹姆斯·瑟伯（James Thurber, 1894—1961）：美国著名漫画家、作家、记者、戏剧家。他的冷面滑稽的讽刺小说尤其受人欢迎。他擅长刻画大都市中的小人物，笔法简练新奇，荒唐之中有真实，幽默之中有苦涩，被人们称作是"在墓地里吹口哨的人"。

在米德兰市见过的他在戏里讽刺的那类人。他最受欢迎的一部戏是《雄性动物》^②。

"斯咕比杜比杜喔普！第布力啊！第布力啊！"我觉得我有可能成为他那样的人。

于是我把那篇写约翰·福均的文章改编成了戏剧。

＊＊＊　　＊＊＊

那段时间谁做家务呢？当然大部分还是由我来做。大学时期的我可不是你印象里的那种学霸。高中时期我确实用功，但大学时期的我用功程度完全不比高中。我依旧住在家里，每周根据日程去哥伦比亚三到四次，每趟来回都要一百六十公里左右。

我得承认那段时间我放弃了高级烹饪，经常给他们做罐头炖肉，有时候我半夜才有时间给他们做点东西吃。父母自然是有些怨言，但并没抱怨很多。

我的学费是谁付的呢？是我哥。

＊＊＊　　＊＊＊

我现在也觉得《加德满都》特别可笑，但是那部戏的台词

<hr />

② 《雄性动物》（*The Male Animal*）：由詹姆斯·瑟伯和埃利奥特·纽金特（Elliott Nugent, 1896—1980）合著的百老汇戏剧。这部戏后来被拍成了电影。

一直支撑着我孜孜不倦、字斟句酌地写着，甚至在我毕业之后，已经到施拉姆药店上夜班了，也没有放弃。这些台词值得搬进剧场让众人听到。它们不是我写的，而是我在旧《号角观察报》上看到的约翰·福均的遗言。

事情是这样的：1938年，他突然消失在亚洲某个地方。他一直都有往回寄明信片的习惯，从旧金山、火奴鲁鲁、斐济，到马尼拉、马德拉斯等。但突然就没再收到他的明信片了。最后一张是他从印度的阿格拉寄来的，那里是泰姬陵坐落的地方。

后来我在1939年的报纸上发现一篇文稿，里面写着："至少他看到了泰姬陵。"那个时候，米德兰市还没人知道福均到底出了什么事。

但是后来，就在二战末期，《号角观察报》收到了一封来自大卫·布罗肯希尔的信。他是英国的一名医生，曾被日本人监禁很多年。记起他的名字并不难，因为他被我写进剧本里了。

这位布罗肯希尔先生独自踏上了前往加德满都的小路。他那时候在学习民间医术，之前在尼泊尔待了一年。就在尼泊尔的时候，一些当地人用担架抬了一个白人到他那里。这个白人患有双侧肺炎，刚到巴德岗门口时昏倒了。是的，这个白人就是约翰·福均。他身上穿着非常奇怪的服装，引得那位英国人和当地尼泊尔人都问他穿的是什么。福均说："就是纯旧式俄亥俄州挂件工作装，如假包换。"

后来，约翰·福均去世，并被葬在了加德满都。去世前，他潦草写下了一封信，布罗肯希尔答应他回头会帮他寄到米德兰市的《号角观察报》。但是这位医生并没着急去找最近的邮筒，而是漫步去了西藏、缅甸北部，然后到了中国，结果在那里被日本人抓了。日本人认为他是个间谍，但其实他完全不知道中国在打仗。

后来他就这段经历写了一本书。我读过了。那本书很难找，但很值得一看，非常有趣。

不过重点是他当时没能把约翰·福均的遗言和标有福均被葬地点的加德满都地图寄回米德兰市，直到六年之后，我们才得以看到这封信：

"致我在'七叶树州'① 的朋友与敌人，来吧。每个人都能在加德满都找到属于你的栖身之地。"

---

① 七叶树州（Buckeye State）：俄亥俄州的别称。

18

《加德满都》是我对西方文明做出的一点小贡献。这部剧共排演过三次，每次都是赔本的：第一次是 1960 年在纽约的里斯剧场，我父亲就在演出那个月去世了；之后的两次是三年之后在米德兰市费尔奇尔德高中的舞台上，那个版本的女主角不是别人，正是很久之前父亲想赠予苹果的对象，西莉亚·希尔德雷思·胡佛。

在米德兰市的第一场演出中，西莉亚扮演了约翰·福均妻子的魂灵；第二场她扮演的是福均在巴德岗见到的神秘东方女子。在戏中，她为福均指明前往香格里拉的道路，并告诉他如何翻山穿林走上通往加德满都的小路；后来，福均说完留给米德兰市民的遗言并死去时，她什么也没说，但又以福均妻子的魂灵出现在台上。

她的戏份并不容易，西莉亚之前也从未接触过表演，她只是一个庞蒂克经销商的妻子，但我觉得她在戏中的表现绝对不逊于纽约的专业女演员，而且她更漂亮。可惜的是，她后来被安非他明搞得神志不清、口齿不利、憔悴而衰老。

我现在记不起纽约那名女演员的名字了。我想可能在出演《加德满都》之后，她就停止其演艺生涯了吧。

* * *　　* * *

说到安非他明，父亲的老朋友希特勒显然是第一拨体验过其益处的人之一。我最近才明白他的私人医生为何不断为他增加维他命和安非他明的剂量，只有这样才能让他直到最后一刻都能保持神采奕奕、精神饱满。

* * *　　* * *

我从医药学院毕业后就直接去施拉姆药店上班了，每周六天值夜班，从半夜到天亮。我依旧和父母一起住，但我能赚足够的钱养活我的父母和自己。这份工作很危险，因为施拉姆是全市唯一一家二十四小时营业的商铺，对罪犯和疯子来说，它就是座灯塔。我的前任值夜人是我父亲的高中同学老马尔科姆·海特，他就是被外镇的强盗杀害了。那个强盗从牧羊人镇的高速公路收费处游荡过来，用一把锯短了枪身的霰弹猎枪杀死了海特，接着又游荡回州际公路上。

后来他在印第安纳边界被捕，经审判后被判处死刑，在牧羊人镇行刑。他被电击而死；电流通过的那一微秒，他听到了很多声音，看到了很多东西；下一微秒，他就变回了一缕混沌的虚无。

这真是正确的判决。

＊＊＊　　＊＊＊

这个药店归辛辛那提一名叫霍顿的男人所有，镇上已经没有姓施拉姆的人了，之前有几十个。

镇上还曾有几十个姓沃茨的人，但在我去施拉姆药店上班的时候，镇上只剩四个了：父母亲、我和哥哥。哥哥的第一任妻子堂娜与她的姐姐是同卵双胞胎，后来她和费力克斯离婚了，但她依旧叫自己堂娜·沃茨，因此她不算血缘上的沃茨后代。

如果费力克斯没造成堂娜撞上挡风玻璃的意外，她绝不会成为沃茨家的人。她们家是在费力克斯当兵期间从印第安纳的科科莫搬到米德兰市的，因此费力克斯从没见过她，他甚至辨别不出她和她的双胞胎姐姐迪娜。

费力克斯退役的第二天，他和堂娜开着堂娜父亲的车出去兜风。谢天谢地开的不是我们家的车，不过那时候我们家也没车，我们家屁都没有，父亲还在监狱里待着。不过开车的是费力克斯。那辆车是战前生产的哈德逊汽车①，那个时候市面上已经没有战前生产的车了。费力克斯开车的时候，刹车系统突然失灵，堂娜惯性向前，直接撞碎了挡风玻璃——她毁容了，看起来再也不像她姐姐了。堂娜出院后，费力克斯就把她娶回了家，那时她只有十八岁，那么年轻，却装上了一副假牙，还是上下牙全套。

费力克斯每次提起第一段婚姻，都会说那是"被迫成婚"。堂娜的亲戚朋友，包括堂娜自己都认为，他要为堂娜毁容负责，不论爱不爱她，他都必须娶她。通常提到"被迫成婚"，人们都觉得是因为男方让女方怀孕了，所以必须娶女方。

费力克斯婚前并未让第一任妻子怀孕，但他让她撞上了挡风玻璃。"当时应该让她怀孕的。"有天晚上他对我说，"反正让她撞上挡风玻璃跟让她怀孕的结果都一样。"

＊＊＊　　＊＊＊

我刚去施拉姆工作那段时间（去纽约观摩我的戏剧排演是很后面的事了），有个醉酒的人大概两点的时候到店里来。柜台上有个牌子，上面写着"注册药剂师鲁道夫·沃茨"，他就斜眼瞅着这个牌子。

---

① 哈德逊汽车（Hudson）：美国一汽车制造商，已经停产。

我们应该没有见过，但很明显他对我们家族的辉煌历史有所了解。他醉醺醺地问我："你是开枪打死女人的那个沃茨，还是让女人撞上挡风玻璃的那个沃茨？"

我还记得那天他说想喝巧克力奶昔，但施拉姆撤销冷饮柜至少五年了，没法给他弄到，但他非要喝："你就给我弄点牛奶，弄点冰淇淋，淋上点巧克力酱，剩下的活儿我自己来。"说完他就晕了。

* * *　　* * *

他没叫我"神枪手迪克"，很少有人会当着我的面这么叫我。不过在背后，我的绰号是经常被人提及的，商场、影院、餐厅等地都有人这么叫我，有时候还有人坐在疾驰而过的车里向我大叫。不过一般只有醉酒的人或者年轻人会做这种幼稚的事，成熟或高尚的人从没叫过我"神枪手迪克"。

不过施拉姆的全夜班有一点让人很不安，这也是我没预料到的，有些年轻人自以为勇敢机智，深夜给我打电话，问我是不是"神枪手迪克"。

我当然是，以后也会是。

* * *　　* * *

上班的时候我有很多时间读书，店里的货架上还有很多杂志可以看。夜班的工作并不复杂，甚至不用处理与医药专业相关的事，主要就是卖烟、手表和最贵的香水，这其实还挺让人吃惊的。当然啦，那些表和香水一定是送人的生日或纪念日礼物，只是送礼的人直到市里其他商店都关门了才想起来这事儿。

有天晚上我在读《作者文摘》，恰好看到考德威尔基金会主办的戏剧大赛的通告。我立即起身去储藏室翻出之前用来制作标签的破旧的日冕牌手提式打字机，等我反应过来的时候，我已经在写《加德满都》剧本的草稿了。

最后我得了一等奖。

***　　***

注册药剂师鲁道夫·沃茨的糖醋炖牛肉做法：

两个洋葱切片，一根芹菜切碎，六个多香果压碎，全部放入深平底锅中，再加入一杯葡萄酒醋，半杯白葡萄酒，半杯苹果醋，两片玉桂叶，两片丁香叶，两汤匙碎胡椒子，一汤匙盐，用水煮沸。

把四磅牛臀肉卷起来，用线捆好，放在深碗里，将汤汁趁热倒在肉上，将肉不断翻滚，充分吸收汤汁。然后用保鲜膜封住碗口，放入冰箱腌制三天，每天都把肉在汤汁里翻滚一下。

三天后，将肉从汤汁中取出并吸干水分。炖锅中放入八汤匙牛油，放入腌制好的肉，每个面都要煎到；颜色金黄时，把肉拿出来，锅中牛油倒掉，再把肉放回锅里。另起一锅加热腌制用的汤汁，趁热浇在肉上，炖三小时。之后倒出汤汁，将汤中的调味料与多余肥肉去掉，让肉在锅里保持热度。

在深平底锅中加入三汤匙黄油，加热融化后加入三汤匙面粉和一汤匙白糖，搅拌均匀后慢慢倒入汤汁中充分搅拌。往汤汁中加入一杯碎姜饼，炖六分钟左右。

完成！汤汁浇在牛肉上即可食用！

***　　***

获奖之后我一直没告诉父母，直到三天过后才说，因为做糖醋炖牛肉需要这么多时间。父母一直没进过厨房，这道菜让他们惊喜万分。做好那天，他们就像听话的小孩一样乖乖坐在桌前，等着看我从厨房里端出什么美食。

他们如愿以偿地吃到了糖醋炖牛肉，还吃了个精光，不停地称赞它有多么好吃。接着我开口对他们说："现在我二十八岁了，给你们做了十六年的饭，我很享受为你们烹饪的每一分钟。不过我最近在戏剧大赛中获得了一等奖，我的戏将会在纽约由专业人士排演，这得花上三个月的时间。我必须去参加彩排，为期六周。"

"费力克斯说我可以去找他和吉纳维芙一起住，"我接着说，"他们的公寓距离剧院只有三个街区，到他家之后我会睡沙发。"吉纳维芙是费力克斯那时候的妻子，现在他称呼她为"寡淡脸"，她几乎没有眉毛，嘴唇很薄，因此如果她想纪念什么特别的事，必须得把它们画上。

　　我告诉父母我已经雇了老厨师玛丽·胡布勒的儿媳妇辛西娅·胡布勒做他们的用人，在我离开的这段时间，她会来照看他们，薪水用我赚来的钱付。

　　鉴于我已经解决了用人的问题，我觉得他们应该会同意。就像小说或戏剧里的角色，开始一直对所有事情都有所误解，这种误解一直指导着他们的行为；但剧情发展到最后，他们还是在某件事面前败下阵来。

　　母亲首先开口了："上帝啊，祝你好运。"

　　"是的，"父亲附和道，"祝你好运。"

　　那时我完全没想到父亲只剩下几个月的寿命了。

19

　　时光飞逝，转眼间，我到了格林尼治村。1960 年 2 月 14 日的正午，我站在克里斯托弗街上，凝视着剧院入口的看板，任凭片片雪花温柔地亲吻我的脸。那时我以为，父亲身体很棒。

　　那天，剧院门口的看板上写着：

《加德满都》
新戏上演

编剧：鲁迪·沃茨

　　排练已经结束了，公演就在今晚。

　　父亲在我这个年纪已经在维也纳拥有了自己的画室。面对落满灰尘的天窗和裸体的模特，他意识到他不会画画。如今，我的名字清晰地印在纽约剧场的看板上，而我意识到我不会写作。这部戏简直糟糕透顶。可怜的演员们排练得越多，这剧就越显得愚蠢沉闷。

参与其中的演员和导演，以及考德威尔基金会的代表已经完全不搭理我了，基金会甚至决定不再赞助任何戏剧比赛，我还被严禁进入剧院。这些都不是因为我向他们提出了无礼的要求，而是因为我对戏剧几乎一无所知。这完全触怒了他们，他们认为不值得在我身上浪费时间。

每当他们问我有关某句台词的内涵时，我看起来就好像从来没听过这句台词似的回应道："哦上帝啊，我想知道我这么写是什么意思。"

但我似乎也并不想深究我为什么写那句台词。

为什么我会变成这样呢？因为失去"神枪手迪克"这一身份让我倍感惊慌。突然间没人知道我曾因射杀一名孕妇而备受瞩目，我觉得自己就像一缕青烟，被困在一个带标签的瓶子里很多年，突然被释放到空气中了。

我不再做饭了。"神枪手迪克"一直试着为他曾重伤的人补充营养，让他们恢复健康。

我不再热衷于戏剧了。在米德兰市，"神枪手迪克"的内心备受愧疚感的折磨。此时他发现老约翰·福均在远离家乡的加德满都的死亡毫无意义，却又蔚为壮观，由此产生了对远走他乡和神灭形消的奇怪渴望。

因此，身处格林尼治村，我望着看板上我的名字，我不再是我。我的脑壳里装的大概全是没气儿的干姜汽水。

于是在那些演员还愿意搭理我的时候，我和饰演约翰·福均的可怜演员谢尔顿·伍德科克有了如下对话：

　　"你得帮我理解一下这部分。"他对我说。

　　"你做得很棒啊。"我说。

　　"我可不这么觉得，"他说，"这家伙太不善言辞了。"

　　"他只是个农民。"我说。

　　"就是这个原因——他头脑太简单了，"他说，"我一直在想他肯定是个白痴，但是他不是，是吧？"

　　"他确实不是。"我回答道。

　　"他从来没说过他为什么想去加德满都，"伍德科克疑惑道，"剩下的所有人要不就是帮他抵达那里，要不就是阻止他去。所以我一直在想：他去不去加德满都到底他妈的跟他们有什么关系？为什么不去火地岛①？为什么不去迪比克？他真是个笨蛋！他人在哪里到底有什么关系？"

　　"他一直在寻找香格里拉，"我回应道，"他说过很多次，他想去找香格里拉。"

　　"三十四次。"他说。

　　"不好意思，您说什么？"我问。

　　"他说过三十四次'我想去找香格里拉'。"

　　"你还数了？"我很诧异。

---

① 火地岛（Tierra del Fuego）：南美洲最南端的岛屿群。

"这样有利于我了解人物，"他不以为意，"不论说什么，两小时内说这么多次都太多了，尤其话者并没说什么其他有实际意义的东西。"

"如果你想的话，可以砍掉其中一些。"我说。

"哪一些？"他问。

"你觉得哪些多余，就砍掉哪些。"我说。

"那有什么替换台词吗？"他问。

"你想用什么替换？"我问。

他低声咒骂了一句，但他很快就控制住自己。此时距离我被禁入剧场已经很近了。

"可能你还没意识到这点，"他用仅存的耐心对我说，"演员是不能在台上编造台词的。那些很棒的台词看起来是演员写的，但其实都是一个叫'编剧'的人的功劳，写台词是编剧的工作。"

"那你就按我写的说就行了。"我说。这句话的隐含义是：我生平首次离家千里，整个人头昏脑涨，没有精力在意接下来会发生什么。这戏最后会彻底失败，但至少纽约人无从得知我的过往，我没有被捕过，也没有浑身墨水地被关在笼子里公示。

我也不会回家了。我会在纽约找个药剂师的工作，药剂师在哪儿都能找到工作。然后我就能和费力克斯一样寄钱回家。接下来，我会一步步攒钱、买房子，自己过活，或者试着找个我这种类型的人搭伴过日子，看看生活能过成什么样。

"你再跟我讲讲在加德满都我在布罗肯希尔医生怀里去世，有锡塔琴配乐的那一场戏。"伍德科克说。

"好啊。"我回应道。

"我以为我在香格里拉。"他说。

"是的。"我答。

"我也知道我快死了，"他说。"我知道我不只是生病、身体好不了了。"

"是，医生很明确地告诉你，你要死了。"我说。

"那我怎么知道我在香格里拉？"他问。

"什么意思？"我说。

"有件事我整场戏都在说，"他说，"就是在香格里拉，没有人会死。但是我以为我在香格里拉，而且我知道我快死了，那我怎么能在香格里拉呢？"

"我得再想想这事儿。"我说。

"你的意思是说，你是第一次想到这事儿吗？"他问。

对话就这么一直循环往复。

"十七次。"他说。

"什么意思？"

"我说'在香格里拉没人会死'说了十七次。"

* * *　　* * *

距离开场就剩几小时了。我在剧院和三个街区之外的费力克斯的复式公寓之间来回晃荡消磨时间。空中零星下着小雪，一落到地上就化了。自从我到了纽约，我就没读过报纸，也没听过广播，因此我也不知道俄亥俄西南部将会迎来史上最严重的暴风雪，冰河时代将在俄亥俄州卷土重来。

《加德满都》幕布拉起的同时，暴风雪从家乡那个老旧的马车房后门破门而入，接着，暴风雪就像很久之前父亲为迎接西莉亚·希尔德雷思做的那样，从室内猛然把前面那对大门推翻。

人们对在格林治村看到的同性恋议论颇多，但那天吸引我眼球的都是些中性人。他们和我一样，习惯了不向任何人寻求慰藉，确信任何欲望都是诡诞。

我有个很搞笑的想法。未来有一天我们这些中性人会出柜，当街游行。我甚至设计好了游行队伍前排高举的横幅。它要和第五大道一样宽，横幅上的字要有一米二高。只印着一个词就行了：

"鹤立鸡群"

大部分人都觉得这个词意思是糟糕的、骇人听闻的、不可原谅的。但其实它背后的含义更有趣、更值得注意。它意味着"一枝独秀"。

设想一下这个场景：几千人与芸芸众生格格不入，是不是很壮观？

***　　***

我回到费力克斯的公寓。这间公寓主卧在二楼且直通阳台，后者位于客厅正上方。这种构造会让人隐约想起我小时候住的地方。费力克斯和我已经调整了一些家具的位置，以便为演出结束后的派对挪出更多的空间。派对的食物将有专人送来，就像我前面提到的，那段时间我对食物压根儿就不关心。

不过，但凡正常点的人都不会出席这次派对的。

反正派对的主角不是我，更不是我那愚蠢的戏剧。我已经退化成了那个还没射杀梅茨格夫人的小男孩，心智只有十二岁。

我以为费力克斯和他的"寡淡脸"妻子吉纳维芙会在WOR广播站，那间公寓一下午都专属于我。那时候吉纳维芙依旧在WOR做接待员，费力克斯已经收拾东西准备去天联广告公司实现更大的抱负。

结果，他们也以为我会在剧场抓紧最后的时间为戏剧做调整，我并没告诉他们我已经被禁入剧场了。

反正我回到公寓，上楼去了阳台，坐在硬座椅上。在我十二岁还天真无邪的时候，我在马车房里经常做类似的事，在阳台的椅子上静静地坐着，欣赏着飘在空中的每一丝细微的声音。那不是偷听，那是音乐欣赏。

结果我那天听到的是哥哥第三次婚姻的衰亡，以及一些对费力克斯、我、父母、吉纳维芙和一些我不认识的人的人身攻击。先是吉纳维芙破门而入，愤怒地发出像猫一样的呼噜声。半分钟后，费力克斯进来了。吉纳维芙是打车回来的，费力克斯钻进另一辆出租追她。他们人在楼下，我看不到他们，只能听到客厅里正临时上演一场激烈而又无调性的中提琴与低音提琴二重奏。他们的声音都非常好听，她是中提琴，他是低音提琴。

又或者，那可能是一场喜剧，故事主要讲的是城市里两只富裕的类人猿，身体上相互吸引，心理上相互厌恶：

复式公寓
新上喜剧

编剧：鲁迪·沃茨

幕布上升。在格林尼治村白人区的一间昂贵的现代复式公寓里，鲜花、水果一应俱全，还有全套音乐播放电子音响。妆后极具东方美的年轻女性吉纳维芙·沃茨揣着雷霆之怒踏入公寓大门，丈夫青年才俊费力克斯穿着伦敦定制西装紧随其后，同吉纳维芙一样的暴跳如雷。二楼阳台上坐着费力克斯的弟弟鲁迪·沃茨。他是一名来自俄亥俄州的无性药剂师，身材高大，英俊帅气，却个性冷淡，害羞得像从油渍鲔鱼罐头里跳出来的。不可思议的是，他编写的戏剧在几小时后就要公演了。他知道那部戏写得很糟。他觉得自己本身就是个错误；生活就是个错误；可能是时候停止这一切了，这是他能让生命无罪化的唯一方法。他有段可怕的过往，他曾是个杀人犯，他和哥哥一直瞒着吉纳维芙。这三个人都是中西部的公立学校教育出来的人，不过吉纳

151

维芙现在听起来有点英国口音，费力克斯的谈吐则像哈佛毕业的国务卿，只有鲁迪一听就是个鼻音浓重的乡巴佬。

吉纳维芙　让我一个人待会儿！你赶紧回去上班吧。

费力克斯　我帮你打包行李。

吉纳维芙　我自己能打包。

费力克斯　你出门的时候能踢自己屁股吗?

吉纳维芙　你就是有病！你全家人都有病！谢天谢地我们没有孩子!

费力克斯　有个来自邓迪①的年轻人和树上一只猿猴媾和，结果很可怕，生的孩子无头无脑，长着三个睾丸和一绺紫色的山羊胡。

吉纳维芙　我还真不知道你父亲生于邓迪。（她打开了壁橱）看看这些可爱的行李箱。

费力克斯　赶紧装满走人。我不希望这里留下你的任何痕迹。

吉纳维芙　我的香水可能洒到帷帐上了，或许你应该把它们扔到壁炉里烧了。

费力克斯　赶紧收拾，亲爱的，闭嘴收拾。

----

① 邓迪（Duntee）：苏格兰东部港市。

吉纳维芙	这房子有你的一半也有我的一半。当然这只是理论。
费力克斯	我给你钱，把你那半买下来。
吉纳维芙	我可以把衣服留给你弟弟。这里所有我的东西他都能用，我甚至都不用打包，只需要走出这里，开启我的新人生。
费力克斯	你这是什么意思？
吉纳维芙	开启新人生？意思就是裸着去奔迪尔士①或萨克斯第五大道精品百货店②或布鲁明戴尔百货店③都行，只需要带上信用卡就够了。
费力克斯	我是说，我弟弟和你的衣服。
吉纳维芙	我觉得他如果当个女人会更快乐，可能他正打算这么做呢。这对你也有好处，你就能娶他了。你可能很难相信，但我希望你能快乐。
费力克斯	够了。
吉纳维芙	我们早就够了。
费力克斯	不准再说了。
吉纳维芙	还有最后一句话呢，赶紧滚开让我收拾行李。
费力克斯	难道我对我的家人就不能有点忠诚吗？
吉纳维芙	我也曾是你家里的一员。你忘了我们在市政厅举办

---

① 奔迪尔士（Bendel's）：始于美国的百年潮牌 Henri Bendel's。

② 萨克斯第五大道精品百货店（Saks Fifth Avenue）：美国著名百货商店品牌。

③ 布鲁明戴尔百货店（Bloomingdale's）：美国著名百货商店品牌。

的婚礼吗？可能对你来说那就是场歌剧，剧里你需要唱出"我愿意"那句话。如果你真和家人那么密不可分，那为什么你家人都没有出席婚礼？

费力克斯　不是你着急结婚的吗！

吉纳维芙　是吗？可能吧。我很向往婚姻，我觉得婚后我们会过上快乐的日子。我们确实也有过快乐的日子，不是吗？

费力克斯　当然，多少有点。

吉纳维芙　直到你弟弟来了。

费力克斯　那不是他的问题。

吉纳维芙　那是你的问题。

费力克斯　怎么就是我的问题了？

吉纳维芙　这真是我跟你说的最后一句话了吗，你确定要听吗？

费力克斯　怎么就是我的问题了？

吉纳维芙　你以他为耻，你肯定也以你父母为耻，否则为什么我到现在都没见过他们？

费力克斯　他们病得很重，没法离开家。

吉纳维芙　我们每年的收入超过十万美元，去看他们一趟很困难吗？他们去世了吗？

费力克斯　没有。

吉纳维芙　他们住在疯人院吗？

费力克斯　没有。

吉纳维芙　去疯人院探访这事儿我很在行。上高中的时候，我的母亲就住在疯人院，我照样去看她。她是很棒的女性，我也很棒。我告诉过你我母亲在疯人院里住过一段时间。

费力克斯　我知道。

吉纳维芙　如果我们想要孩子，我觉得你应该知道这些。这并没什么好羞耻的，不是吗？

费力克斯　没什么好羞耻的。

吉纳维芙　那你告诉我你父母最让人无法接受的一面是什么？

费力克斯　没什么。

吉纳维芙　那我告诉你他们有什么问题。他们配不上你。你值得更高级的东西，你真是个势利眼。

费力克斯　这件事远比你想得要复杂。

吉纳维芙　是吗？我想不到你有什么事是不复杂的。不惜一切代价给别人留下完美印象，这就是一切的原因。

费力克斯　谢谢，我没你说得那么严重。

吉纳维芙　你就是这样的人。除了你温文尔雅的完美人设，其他事对你来说都不值一提，直到你弟弟来，他就是个马戏团小丑。

费力克斯　不准你这么说他。

吉纳维芙　这是你对他的想法。至于我作为妻子的责任是什么？就是尽可能地保护你的完美形象，假装他什么错都没有。但至少我没有假意奉承，这种事都是你做的。

费力克斯	假意奉承？
吉纳维芙	只要他在附近你就双手抱头。你都快死于羞耻了。你以为他没注意到吗？你以为他没发现我们为派对准备好一切，却没请人来吗？
费力克斯	我那是在保护他。
吉纳维芙	那是在保护你自己。我们刚刚吵架说的这些话我从来没对他说过。我一直对他很友善，是你受不了我对你说的话。
费力克斯	当时有一百万人在听着。
吉纳维芙	接待室还有五个呢。但他们没人听见我说的是什么，因为我是悄悄对你说的，但估计身处芝加哥的人都听见你冲我大吼大叫了。今天早上，就在你冲我吼的前几秒钟，我觉得我们的婚姻是幸福的；坐在接待处上班的时候，我还在感恩并珍惜这段婚姻。可能你还记得今天早上我们还做了爱，因此你最好把这条床单和帷帐一起烧了。我觉得今天早上接待室里那五个陌生人可能会想，这女孩拥有什么样的爱人和生活才能这么活泼快乐。接着，一名年轻的广播电台高管走了进来，衣冠楚楚，时髦性感。好一个出挑的纽约小伙！他就是这女孩的爱人！他停下来亲吻了她，然后她在他耳边轻声说了一句话。两个来自中西部地区一腔孤勇的小男孩在纽约获得了成功，就觉得这整个纽约都是真的了。

费力克斯　你不该说那句话。

吉纳维芙　我现在要再说一遍：让你弟弟去洗个澡。

费力克斯　那根本不是说这句话是时候。

吉纳维芙　他的戏剧今晚就要公映了，但是他臭气熏天，来了这儿之后就没洗过澡！

费力克斯　你管这种话叫浪漫？

吉纳维芙　我管它叫家庭生活！我管它叫亲密！现在一切都结束了。（她从壁橱里拖出一个行李箱，打开后重重地摔到沙发上）看看这个行李箱，正等着我装东西进去呢！

费力克斯　我为我说过的话表示抱歉。

吉纳维芙　你吼我了！你冲我吼："你他妈的闭上嘴！"你还冲我吼："你要是不喜欢我的家人就他妈的滚出我的生活！"

费力克斯　那就是一时生气。

吉纳维芙　你当时可是再笃定不过了。所以我头也不回地走出了那间办公室并且决定再也不回来了。我要走了，老朋友。你跟我回来真是又麻烦又无礼。真是个乡下人。

　　壁橱里存放的基本上都是运动物品，比如滑雪大衣、潜水服、运动夹克等。吉纳维芙从里面翻出自己想带走的扔在沙发上，仍在敞开的行李箱的旁边；费力克斯在一边看着，原本刚强的傲慢渐渐消退。他其实是个软弱的人，他不能忍受被无视。他决定揭开自己的伤疤，让自己看起来可怜一些，以赢回吉纳维芙的注意。

费力克斯　（高声认输）是的，是的，你说得对。

吉纳维芙　（不理会他）我们还没去浮潜呢。

费力克斯　我对我的家庭感到羞耻！你说得对！你懂我！

（这期间鲁迪并未有什么动作，只是坐着。）

吉纳维芙　浮潜本来是下一次要去做的。

费力克斯　如果你还想了解的话，我告诉你，我父亲曾经坐过牢。

吉纳维芙　（出乎意料地入迷）真的吗？

费力克斯　现在你知道了。

吉纳维芙　犯了什么罪？

（安静了一会儿。）

费力克斯　杀人。

吉纳维芙　（不自觉地移动身体）哦上帝啊。这太可怕了。

费力克斯　现在你知道了，这对媒体行业是一段很棒的八卦。

吉纳维芙　不要管八卦了。这对你弟弟肯定有影响，对你肯定有影响。

费力克斯	我还好。
吉纳维芙	你不可能还好。而你可怜的弟弟，怪不得他现在变成这样。我还以为他是天生有缺陷，可能出生时被脐带缠住了还是什么的。我以为他是一个白痴天才。
费力克斯	白痴天才是什么意思？
吉纳维芙	就是这个人在任何方面都跟白痴一样，除了某个方面，比如弹钢琴。
费力克斯	他不会弹钢琴。
吉纳维芙	但是他是编剧，而且这戏马上就要公演了。他可能不洗澡，可能没有朋友，可能太害羞了害怕跟别人说话，但是他是个编剧，他有超大的词汇量，他的词汇量比咱俩加起来都大，有时候他会说出很搞笑或很有哲理的话。
费力克斯	他是医药专业毕业的。
吉纳维芙	我曾以为他是个白痴天才，专长戏剧和医药，但没想到他是杀人犯的儿子，难怪他变成现在这样，难怪他不想让别人看到他。上个周日我看到他在克里斯托弗街上走，他又高又帅，像盖里·库伯，但没有人看见他。他走进一家咖啡店，坐在柜台上，却没人为他服务，因为别人看不见他在那儿，难怪。
费力克斯	不要问谋杀案的细节。

（安静了一会儿。）

吉纳维芙　　我肯定不问。他现在还在监狱里吗？

费力克斯　　没有，但他有可能……他有可能要死了。

吉纳维芙　　好吧，这件事到此为止，我突然理解了。

费力克斯　　留下来吧，吉。我不想做结了婚又离婚、结了婚又
　　　　　　离婚、结了婚又离婚的蠢蛋。那些人肯定是有问题的。

吉纳维芙　　我没法再回广播电台工作了，在刚刚的争吵之后太
　　　　　　尴尬了。

费力克斯　　反正我也不想让你再工作了。

吉纳维芙　　我喜欢工作，我喜欢自己挣钱。不去工作我要做什
　　　　　　么，整天坐在家里？

费力克斯　　生个孩子。

吉纳维芙　　哦上帝啊。

费力克斯　　为什么不呢？

吉纳维芙　　你真的认为我会是个好妈妈吗？

费力克斯　　你是最棒的妈妈。

吉纳维芙　　那你想要男孩还是女孩？

费力克斯　　都行，不论男女，我都爱他／她。

吉纳维芙　　哦天啊，哦上帝啊。我觉得我要哭了。

费力克斯　　不要抛弃我。我真的很爱你。

吉纳维芙　　我不会抛弃你的。

费力克斯　　你相信我爱你吗？

吉纳维芙　　我觉得我最好信。

费力克斯　　我要回到办公室收拾桌子，我会为我造成的糟糕场

面向每个人道歉，都是我的错。我弟弟确实有股臭味，他是该洗澡了，谢谢你提醒我。答应我我回来的时候你会在家。

吉纳维芙　我答应你。

（费力克斯走出前门，吉纳维芙开始把东西放回壁橱。）

鲁迪　　　咳嗯。

吉纳维芙　谁?

鲁迪　　　咳嗯。

吉纳维芙　（害怕）是谁在那儿?

鲁迪　　　（现身）是我。

吉纳维芙　哦天啊。

鲁迪　　　我不想吓到你。

吉纳维芙　你都听到了。

鲁迪　　　我不想打断你们。

吉纳维芙　我们说话的内容自己都不信。

鲁迪　　　你们说得都对。反正我都要去洗澡。

吉纳维芙　你不用这么做。

鲁迪　　　我们家那边冬天是非常冷的，你会逐渐丢掉洗澡的习惯，我们都习惯了自己的味道了。

吉纳维芙　让你听到这些真的很不好意思。

鲁迪　　　没关系。我的感知能力比橡皮球高不到哪儿去。你说人们都看不见我，没人为我服务……?

吉纳维芙　这你也听到了。

鲁迪　　　那是因为我是个中性人。我性冷淡，完全没接触过性，也不想接触。没人知道世界上有多少个中性人，因为大部分人不会注意到他们。不过我可以告诉你，光纽约就有上百万中性人。他们以后应该找一天游行，举着大横幅，上面写着：试过一次性爱，认为那很愚蠢；十年无性，感觉很好；给自己一个机会，想想除了性以外的事。

吉纳维芙　有时候你真的很搞笑。

鲁迪　　　白痴天才，不善于生活，但有时会有搞笑的言辞。

吉纳维芙　对于你父亲的事我很抱歉。

鲁迪　　　他没有杀过人。

吉纳维芙　他没有吗?

鲁迪　　　他连苍蝇都不会伤害，但他确实不是个好父亲。我和费力克斯后来不带朋友回家，就是因为他太让人尴尬了。他什么也不是，什么也不做，但他总觉得自己很重要。我觉得他就是从小被宠坏了。有一次我们拿着作业去问他问题，第二天拿到学校去发现他说的都不对。你知道如果给浣熊一块糖会发生什么吗?

吉纳维芙　不知道。

鲁迪　　　浣熊在吃东西之前会把东西洗干净。

| 吉纳维芙 | 这我听说过，之前住在威斯康星州，那里有浣熊。 |
| 鲁迪 | 浣熊会把糖放进水里，一直洗，一直洗，一直洗。 |

（安静了一会儿。）

吉纳维芙	哈！直到糖化了！
鲁迪	对我和费力克斯来说，成长就是这样，在这过程中，父亲是缺失的，而母亲还一直认为父亲是世界上最棒的男人。
吉纳维芙	但你还是很爱你的父母。
鲁迪	中性人不爱任何人，也不讨厌任何人。
吉纳维芙	但你年复一年地为父母操持家务，不是吗？
鲁迪	中性人是很好的用人。他们不会得到你的尊敬，不过通常他们厨艺很棒。
吉纳维芙	（感觉毛骨悚然）你是个很奇怪的人，鲁迪·沃茨。
鲁迪	那是因为我就是那个杀人犯。
吉纳维芙	什么？
鲁迪	我们家里确实有一个杀人犯，好吧，但是那不是父亲，而是我。

（安静）

幕布落下

＊＊　　＊＊＊

　　就这样，我让我哥失去了一个生育孩子的机会。吉纳维芙不希望单独和一个杀人犯待在一起，她立即收拾干净自己的东西从公寓里搬了出去，并再也没有和费力克斯见过面。如果那年他们按照计划生育了一个孩子，今年那孩子应该有二十二岁了。埃勒维茨·梅茨格怀的那个孩子如果没被我射杀，今年都三十八了！想想过了多少年了。

＊＊＊　　＊＊＊

　　直到今天我也没告诉费力克斯我是怎么在阳台上偷听他和吉纳维芙说话，怎么把她从公寓里吓跑、再也没回来的。是我破坏了这段婚姻。那是我经常惹麻烦的一段时间，就像我射杀梅茨格夫人那时似的。
　　我能说的只有这么多。

＊＊＊　　＊＊＊

　　我必须让我嫂子知道我是不可忽视的，我是个杀人犯，这可是我出名的原因。

20

　　《加德满都》公演结束的第二天早晨，我和费力克斯飞越过一片白茫茫的土地，苍茫得如同我们的生命一样，费力克斯失去了他的第二任妻子，而我则成为全纽约的笑柄。我们乘着六人座的私人飞机飞过死气沉沉的俄亥俄州西南部，那里看起来就像极地冰盖似的。米德兰市就在这附近，全市断电，电话线也全被切断了。

　　哪有人能在这样的地方活下来？

　　天空依旧晴朗，气氛也很沉静。把米德兰搞成这副样子的罪魁祸首——暴风雪，那时已离开拉布拉多① 前往别处扫荡。

---

① 拉布拉多（Labrador）：加拿大东部的一个地区。

* * *　　* * *

　　我和费力克斯乘坐的飞机是复杂武器系统制造商巴利顿有限公司所有的，这家公司是米德兰市最大的个体企业。当时飞机里还坐着巴利顿创始人兼独资所有人弗莱德·巴利、巴利的母亲米尔德里德以及他们的飞行员。

　　巴利先生是黄金单身汉，他的母亲是孀妇。他们无所羁绊，成了不知疲倦的旅行家，满世界晃。从他们的对话中，我和费力克斯了解到，他们携手参与过世界各地的文化盛事，包括电影节、芭蕾舞和歌剧的首映，博物馆开馆仪式等。这次他们坐飞机来纽约就是为了我的戏剧公演。有了这次教训，他们应该不会再被我这样的蠢蛋愚弄着白跑一趟了。

　　他们并不认识我和费力克斯，和我的父母也顶多算是点头之交，但他们认为这是唯一一个由米德兰市民编写并商业化制作的大型戏剧，作为同乡，亲自到场以示支持是很有必要的。

　　这让我怎么能不喜欢他们呢？

　　另外，这对母子坚持在剧院里看完了整场《加德满都》。我当时数了数，坚持到最后的只有十二个人，其中还包括了我和费力克斯。巴利母子非常随性，幕布下降时，他们又鼓掌又跺脚还吹口哨地表示捧场。巴利夫人吹口哨吹得很棒。她生于英国，年轻时曾是在大英帝国音乐大厅表演的口技模仿者，主要模仿各种鸟叫声。

＊ ＊ ＊　　＊ ＊ ＊

巴利先生对母亲的体贴远胜于我。他的母亲去世后，他让马力提莫兄弟建筑公司在糖河上建了一个踩着高跷的艺术中心，并以他母亲的名字命名，以求让母亲千古流芳。

我的母亲却成功破坏了巴利先生的计划，她努力让镇上的人相信，这间艺术中心和里面的物件都是怪物。后来就发生了中子弹爆炸事件，米德兰市无一生还，也就没人知道或者在意米尔德里德·巴利夫人是何方神圣了。

我的家乡就这样变成了一具空壳，而难民迁入计划突然提上日程，总统先生称此时为"黄金时机"。

住在奥洛佛逊豪华酒店的诡辩律师伯纳德·凯彻姆说，海地难民应该走白人的老路子：发现一片新大陆，比如佛罗里达、弗吉尼亚、马萨诸塞或随便什么地方；迁到大陆上生活之后，他们就可以开始把人们驯化成巫毒教教徒了。

"如果你在某片土地上定居了上万年，你就可以主张这片领土的主权，这可是全球公认的准则，你只需要反复宣扬'这儿是我们发现的，是我们发现的，是我们发现的'就行了……"他说。

＊ ＊ ＊　　＊ ＊ ＊

弗莱德·巴利的母亲米尔德里德虽然在米德兰市住了至少

167

二十五年，但她的口音听起来像英国人，这并非她刻意为之。另外，她的黑人用人都非常喜欢她。她很清楚自己有多傻，也乐于让用人笑话她。

在那架小飞机里，她模仿了马来西亚的夜莺、新西兰的摩雷波克猫头鹰等鸟类的叫声。那时我发现我的父母对人生一直有一个错误的认知：他们坚持认为绝不能让别人笑话自己。

＊＊＊　　＊＊＊

我一直很想说，弗莱德·巴利是我见过的最伟大的中性人。他没有过性生活、不交朋友，不介意生命随时终止；他也不太在意我、费力克斯、他的母亲以及我哥的高中同学兼飞行员的死活——这很明显就能看出来，毕竟当时的旅程称得上自杀飞行——因为如果引擎在我们到达最近的飞机降落点辛辛那提前发生任何故障，我们要怎么降落呢？可怜那位飞行员，已经吓傻了。

巴利先生经常踏上说走就走的旅行，带着母亲一起到全球各地参加各种体育文化盛事。巴利先生从母亲的陪伴中获得了各种各样的满足感，却唯独没有发现自己其实是中性人。如果他这么喜欢现在的生活，未来某日他是不会加入那个可爱的中性人游行了。

他母亲也不会。

＊＊＊　　＊＊＊

　　弗莱德和他母亲是真的很喜欢《加德满都》，演出结束后他们通宵未眠，等着买最早的报纸读戏剧评论。但让他们抓狂的是，没有一个评论家一直待到剧终，没人在意约翰·福均是否真的找到了香格里拉。

　　巴利先生说有朝一日他希望能看到出演这部戏的演员都是俄亥俄州人，他认为那些纽约演员完全体会不到，对一个思想简单的农民来说，死在追寻智慧的路上是多么重要，哪怕亚洲并没有那么智慧。

　　三年之后，这事儿真的成了。就像我前面提到的：米德兰市面具假发俱乐部让《加德满都》在高中校园的舞台上重新上演，女主角由可怜的西莉亚·胡佛担任。

　　哦，我的上帝啊。

＊＊＊　　＊＊＊

　　我一直尊称弗莱德·巴利为"巴利先生"，好像他年纪很大似的。哦天，他那时候也就五十岁，也就是我现在的年纪。他的母亲大概七十五岁，八年之后她去世了，去世时她正试着营救一只倒挂在起居室帷帐上的蝙蝠。

　　巴利先生是个自学成才的发明家兼超级销售员，开始做军备生意多少是因为一次意外。之前他在老奇德斯乐汽车工厂里

169

生产自动清洁机上的计时器,后来这计时器被应用到军事领域,计算从飞机扔下炸弹抵达地面的所需时长。它能和地面爆炸装置相配合,形成一套理想的武器系统。战争结束后,更高复杂度武器系统的订单开始增多,巴利先生不断引进更杰出的科学家、工程师和技术员以跟上需求更新的速度。

他引进的人才大部分是日本人。我的父亲招待了第一批定居米德兰市的意大利人,巴利先生则是引进了第一批日本人。

我永远不会忘记在施拉姆药店值夜班时遇到的第一个日本人。前面我提到过,这间药店到了晚上就是精神错乱者的灯塔。"精神错乱"① 这词字面意义上与疯癫和月亮有关,日本人就属于这种精神错乱者。那天到店里来的日本人并不想买任何东西,他就想拉着我到室外,给我看看月光下的好东西。

你猜是什么。那是几个街区之外、我童年住所的圆锥形板岩房顶。圆锥屋顶处本来是圆顶塔楼,现在是浅灰色的沥青屋顶,上面还粘着些许沙子。在一轮圆月的月光下,那些沙子闪闪发光,就像雪花一样。

那名日本人微笑着指向屋顶。他不知道那座建筑对我来说意味着什么,他只想跟一个除他之外唯一一个深夜未眠的人分享他的心情。"富士山,"他说,"日本最神圣的火山。"

---

① 精神错乱（lunatic）：lunatic 源自是拉丁语"lunaticus",意思是"月亮的、与月亮有关的"。

＊＊＊　　＊＊＊

许多自学成才的人对自己发现的真理并不能完全理解，外人是看不出来的。巴利先生也是一样。举个例子，之前他问过我，是否知道加拉哈德[①] 之前是一名犹太人。

我客气地说不知道。当时坐在他的飞机里，我以为他会讲个反闪族分子[①] 一类的笑话，我都做好了会被惹恼的准备了，结果却不是。

"犹太人自己都不知道加拉哈德骑士是个犹太人，"他接着说道，"他们觉得耶稣是犹太人，加拉哈德不是。我每见到一个犹太人，就会问他：'你们为什么不多宣扬一下加拉哈德骑士？'如果他们愿意探究，我还会告诉他们从哪里可以得出这个结论。我会告诉他们从圣杯开始查起。"

根据弗莱德·巴利得出的结论，最后的晚餐结束之后，一位来自亚利马太名叫约瑟的犹太人拿走了基督的酒杯，他相信基督是神圣的。

约瑟把酒杯带到十字架那里，基督的血滴入杯中。约瑟因其对基督的支持被捕入狱，不给食吃，不给水喝，但他活了下来——他把酒杯带在身上，每天杯中都会自动装满食物和水。

---

① 加拉哈德（Galahad）：亚瑟王传说中的一名骑士，他在亚瑟王朝中的地位是独一无二的，因为只有他才能最终寻得圣杯的下落。

① 反闪族分子（Anti-Semitic）：虽然闪族人包含许多民族，但"反闪族主义"仅仅指反对犹太人。

于是罗马人放他走了。他们肯定不知道杯子的事，否则一定会拿走的。被释之后，约瑟去了英国传颂基督的事迹，途中一直是杯子为他提供饮食。后来，这位四处漂泊的犹太人在英国的格拉斯顿堡终于找到一所基督教堂。他把他的手杖插入土里，手杖瞬间变成了一棵树，每年平安夜开花的那棵树就是这手杖变身的树。

多么神奇。

约瑟的后代继承了这个酒杯，也就是后来众人皆知的"圣杯"。

但是在接下来五百年中的某日，圣杯遗失了。亚瑟王和他的骑士们便又一次陷入寻找圣杯的执念中，毕竟它是全英国最神圣的遗物。但骑士们一个接着一个地都失败了。总有一个声音告诉他们，他们无法找到圣杯，因为他们的心不够纯净。

但后来加拉哈德抵达卡米洛特①，而且众所周知他的心灵极为纯净，最后他确实找到了圣杯。其实他不仅拥有寻找圣杯最坚定的信念，从法律层面上说他也是最有资格的，他是来自亚利马太四处漂泊的犹太人约瑟最后一位在世的后代。

***　　***

我对巴利先生说，估计我已经成了纽约的笑柄了；巴利先

----

① 卡米洛特（Camelot）：英国传说中亚瑟王的宫殿。

生告诉我"笑柄"的"柄"是什么，原本指的是树桩，一般被弓箭手用作靶子。

弗莱德的母亲则对我说起她自己："来吧，跟米德兰的笑柄握个手，这笑柄也是意大利威尼斯，西班牙马德里，不列颠哥伦比亚，温哥华的，埃及开罗的，以及每一个你能说出来的著名城市的。"

* * *　　* * *

费力克斯跟飞行员泰格·亚当斯聊起了西莉亚·希尔德雷思——那时候她已经成为西莉亚·胡佛了。泰格与费力克斯就读同一所高中，比费力克斯高一届。不出所料，他也曾约过西莉亚。他觉得西莉亚真是走运，能嫁给一个并不在意她真实面目的汽车经销商。

"她就是个奶油泡芙。"他评价道。当年这词一般用来形容十分花哨、置办了许多配饰的汽车，好看而已，没人在意它能不能跑。

泰格知道一条很有趣的信息，之前我也听说过：晚上能见到西莉亚的地方就是基督教青年会，她报了很多补习班，包括书法、现代舞、商法等。这种情况一直持续了很多年。

费力克斯的身子向前探了探，低声问亚当斯，那位德维恩·胡佛的妻子每晚都出门，那他如何度过漫漫长夜；亚当斯回答道，德维恩可能已经放弃了用肉体吸引她，那种方法毫无用处；德维恩最后无疑选择倒在别人的温柔乡里满足自己的需求。

"对他来说那可能就是个生活琐事，"亚当斯接着说，"比如刷牙这种，"他大笑起来，"每个人每年至少应该做两次的事儿。"

"去那种性产业城市。"费力克斯说。

"有些城市最好还是把精力放在商业上，"亚当斯说，"如果所有城市都像好莱坞或者纽约似的，那这个国家就危险了。"

＊＊＊　　＊＊＊

我们最终降落在辛辛那提的一条跑道上，很明显这条跑道是专门为我们费了大力气清理出来的，由此可见弗莱德·巴利有多重要。后来我们才知道他当时身负紧急任务，但他和他母亲并未对我们提及。美国空军非常担心巴利顿工厂的情况，毕竟他们在巴利顿预定的军备非常敏感，因此部队派了直升机在那里待命，他一落地就直接把他带回米德兰市，这样他就能评估暴风雪对工厂带来的损害并给出补救措施。

为了带上我们，巴利先生说我和费力克斯是他手下两名高管，于是我们再次上了飞机。这是李奥纳多·达·芬奇的新发明[①]，螺旋桨不停发出咔嗒的声音，外形看起来一半像鹰，一

---

① 十九世纪中叶，在意大利米兰图书馆中找到了达·芬奇在1483年写的札记中的一张飞行器草图，草图标明：这架飞行器的升力是由旋转着的螺旋桨所产生的；旁边非常明确地阐述了直升机的升空原理，因此他被许多人看作第一位设计直升机的人。

半像牛。很明显，达·芬奇借用了神话中的某种生物。

这是它给弗莱德·巴利的印象："半鹰半牛。"

接着，当这架重于空气的飞行器飞到原来五十三号公路的上方——此时的公路已经完全被一片苍茫的白雪覆盖。他又将另一个奇特景观送到了我的眼前——

我当时僵硬地畏缩在座位上，脑海里全是我在纽约时听说的、在报纸上看到的暴风雪带来的破坏与灾难。飞机下方，上千人正在死去或已经死去；挖出所有尸体需要很长的时间，重建工作也不可胜计。雪融之后，米德兰市和牧羊人镇会像一战前线的法国城镇一样破败萧条。

但弗莱德·巴利一如既往的愉快。他对我说："把它看成一场枕头大战。"

"您说什么？"我有点不明白他的意思。

"人类总是把暴风雪的袭击看作世界末日，"他说，"就像太阳下山后的鸟儿，总以为太阳不会再升起。改天太阳落山的时候，你专门听听那些鸟儿的叫声。"

"我还是不明白。"我说。

"几天之内或者几周之内，这些雪都会融化的，"他解释道，"然后你就会发现，每个人都没事，被破坏的东西也不是那么多。新闻会报道说暴风雪致使很多很多人死亡，但他们总有一天会死的，有些人可能是死于罹患十一年的疾病，但电台会说是暴风雪剥夺了他的生命。"

听了这话我放松了一些，身子也坐得直了些。

“暴风雪就是一场盛大的枕头大战。”他总结道。

他的母亲笑了起来。这对母子不自负、不畏惧。他们把生命过得像花儿一样美好。

* * *　　* * *

不过弗莱德·巴利也有过后悔说那些话的时候，就在我们飞到马车房上空的时候。我们一直在城市上方盘旋，然后我们从城市北部位置靠近那个标志性的圆锥屋顶。大风将雪堆在朝北的落地窗前，厚厚的雪遮住了半扇窗户；通向厨房的那扇后门则被雪整个封住。在远处看的时候，我甚至还幻想这堆雪能起到抗风的作用、让屋里更暖和。

但是飞到房子南边的时候，我们都吓坏了。那对在1943年为西莉亚·希尔德雷思而推倒的大门再一次倒下了。后来我们才明白，暴风吹开了后门，又从后门进屋吹倒了南面这对大门。宽广的门厅从远处看起来像是在把吹进屋里的雪都吐出去，屋里的雪有多深？

至少有两米。

21

　　巴利顿公司的屋顶是弗莱德·巴利和他的母亲此次行程的终点，离开前巴利先生也没忘记我和费力克斯是他的下属这一说辞，严肃地指示飞行员带我们去任何我们想去的地方，并一直在一旁待命，直到我们不再需要他为止。之后他对我们说，我们已经成了很好的朋友，一起经历了许多，米德兰市大部分人没有我们这么风趣幽默、经历丰富，真的应该相互多走动，等等。

　　但在接下来的十年里，我再未见过巴利先生，也没有收到他的来信，也没能再见到他的母亲。离久情疏，这是我和巴利一家的真实写照。

　　托巴利先生的福，我和费力克斯能把这架军用直升机当出租车用。我们立刻折回了我家的马车房。当时我们穿着厚夹克、戴着帽子和手套，但没穿雪地靴，只穿着普通的便鞋，进屋过程中不停地摔倒、下沉、打滚，鞋里都是雪。这附近没有脚印，父母很有可能被埋在雪下。如果真是这样，那他们一定已经死了。

楼梯下半部分已经被雪覆盖了。以我们对父母的了解，暴风雪侵袭时，他们应该是在床上睡着；即使楼下已经被该死的雪淹没，他们应该也不会下床。于是我们好不容易挪到楼梯处，向他们的卧室走去，结果发现他们的床是空的，连床上的毛毯和床单都被扯下来了，所以父母很有可能是用铺盖把自己裹起来下楼去了。

我攀上楼去检查曾用作枪室的那间房，费力克斯则去检查阁楼上的其他房间。

我们以为找到的会是像壁炉柴架一般又冷又硬的尸体，因为屋里实在太冷了。突然几个词跳进了我的脑海里："死库存"①。

我听到费力克斯在阳台上叫嚷："家里有人吗？"然后，当我从枪室走下来时，他又抬头看着我，憔悴地对我说："欢迎回家。"

* * * * * *

最后我们在市医院找到了父母。父亲因患有双侧肺炎及肾

---

① 死库存（Dead storage）：一语双关。这里是指他父母的家，以及他父母的生活就像死库存一样无人问津，毫无生气和希望。

衰竭将不久于世，母亲手脚生满冻疮。其实在暴风雪来临前父亲已经病重、需要住院就医了。

路在完全被封死之前，母亲身着睡袍，脚踩拖鞋，外裹浴衣，肩上挂着匈牙利保卫队的紧身上衣，头上顶着黑貂高皮帽步入暴风雪中。她在暴风雪中走了很久，难怪会生冻疮；终于她成功吸引到一位扫雪机司机的注意。那位司机开着扫雪机，带着身上绑着铺盖的父母去了有独立柴油发电厂的医院。

我和费力克斯去医院的时候并不确定父母是否在那里。一进医院大厅我们就被眼前的混乱景象吓坏了。虽然医院是重病患者才该来的地方，但上百个身体健康的人都在医院寻求庇护。难民寄生于医院各个角落，到处寻找吃食物、水和能躺下的地方，医院的卫生设施已如泥沼般不堪入目。

这就是我的同乡，他们再一次成为勇敢的拓荒者，开始了新一轮的移民。

我和费力克斯想去服务台处打听情况，但那里一层围一层全是人，就像克朗代克河①岸边的酒吧一样热闹。因此我对费力克斯说，我留下来继续挤进人群去服务台询问情况，他可以到别的地方看看有没有认识的人可以打听到父母的消息。

在我挤过人群，一寸寸往服务台挪的时候，仿佛有一群无形的虫子正绕着我的脑袋嗡嗡直叫。以医院大厅闷热潮湿的程

---

① 克朗代克（Klondike）：在加拿大育空地区西部，育空河支流。该河流域曾发现黄金，1966 年采金业全部停止。

度，生出真虫子也并不奇怪，但那个一直烦扰我的"虫子"其实是我的精神状态。在纽约的时候，这些虫子并未出现，但一回到家乡他们就又开始侵扰我。它们就是我对于他人、他人对于我的零碎认知。

确实，我是米德兰市的名人，因此我最常听到的，或者是我以为我最常听到的，就是"神枪手迪克"这几个字。

我没法证明我听到他们这么叫我了。难道要我直直地盯着对方的眼睛，指责他 / 她叫我"神枪手迪克"吗？这么做有什么意义？毕竟我确实称得上这个称号。

好不容易挤到服务台前，我发现那里的护士真的应该多少得到些尊重。服务台后的三位疲惫不堪的工作人员面对的真不是什么特别紧急的问题。

比如：

"小姐，最近有什么新闻？"

"毛毯可以去哪里拿？"

"你知道女厕里已经没有厕纸了吗？"

"生多重的病才能进病房？"

"电话正常运转之后，你能给我几枚一角硬币打电话吗？"

"这个表准吗？"

"我们能不能借用一下厨房里灶台？一个就行，就用十五分钟。"

"米切尔医生是我的主治医生。我没生病，不过能否请你告诉他我在这里？”

"你们需要整理这里所有人的名单吗？你需要知道我的名字吗？”

"这里有没有可以兑现个人支票的办公室？”

"我能帮上忙吗？”

"我母亲左腿很疼走不了路，我应该怎么做？”

"电力照明公司都不工作的吗？”

"一战期间我整条腿各处都被子弹击中过，我应该跟谁说？”

我对服务台后的三位女士的敬佩之情油然而生。她们基本上一直保持着耐心与礼貌的服务态度。后来有一位女士忍不住对着那位曾满腿枪伤的男人发了火，因为那人对她最初的回应感到不满，于是斥责她不关心病人对自身情况的陈述，这说明她非常没有医学职业素养。我大概知道他是谁，并且对他参军这件事表示怀疑。不过我可以确定的是，他是盖奇兄弟里的一个，曾在马力提莫兄弟建筑公司工作，后来因偷盗建筑工具和材料被开除。

如果他真是那个人，那他还有一个做商店窃贼的女儿，比我早两年上学，名字可能叫作玛丽、玛莎或者马莉。她交朋友的方式就是把偷来的东西当作礼物送给别人。

服务台后面那位女士愁苦地对他说，她只是个普通的家庭主妇，自愿来医院帮忙，已经二十四小时没有睡觉了。她说这话的时候已经傍晚了。

我发现我认识她，不是大概，而是确定。在我看来，她二十四小时不眠不休、兢兢业业，堪称坚忍不拔、富有同情心的理想女性代表，不论在哪个地区、与哪个年龄层的女性做比较，她都能拔得头筹。她说她不是个护士，但她确实称得上是一名无欺瞒、不虚伪的真正的护士。

虽然我并未在这些有教养的女性面前表露出来，但我已被她们深深地折服，反观我自己的母亲，却是一位如此冷淡、挑理却又无助的老太婆。

所以服务台后这位拥有傲人美貌与无私品格的女性是谁？太惊喜了！她是西莉亚·胡佛，娘家姓希尔德雷思，是庞蒂克经销商的妻子，曾被认为是整个高中里最沉默的姑娘。我想让费力克斯过来看看她，但我完全看不见他人影。费力克斯最后一次和她见面还是在 1943 年，那晚她抄近路穿过一片空地，躲开了他的追随。

* * *　　* * *

她像个机器人似的在服务台后站着，疲倦完全消损了她的记忆力。我问她奥拓·沃茨夫妇是否在医院里，她看了一下卡片目录，机械地告诉我奥拓·沃茨住进了特护病房，情况非常危急，谢绝任何访客；艾玛·维策尔·沃茨则没有生命危险，已经住进了安排在地下室的临时病房。

于是我们这一尊贵家族中又有一人进了地下室。

之前我从来没去过医院的地下室，但是我很小的时候就知道医院地下室是干什么的：那是市里的陈尸所。

那是埃勒维茨·梅茨格被我开枪射中眉心后，她前往的第一站。

＊＊＊　　＊＊＊

后来我在大厅的一个角落里找到了费力克斯，他正殷切地看向服务台，完全没去找父母的所在位置道。"鲁迪快帮帮我，"他特别没出息地说，"我又回到十七岁了。"看起来倒是真的。

"刚刚有人叫我'丝绒雾'。"他惊异地说。那是流行音乐著名歌手梅尔·托尔梅① 的绰号，费力克斯高中时期的绰号也是这个。

"不知道是谁，用很轻蔑的语气叫的，"他说，"好像我应该为自己感到羞耻似的。那是个很胖的成年男子，长着一双冰冷的蓝色眼睛，穿着商务西装。我参军之后还没遇过用这种态度跟我说话的人。"

我很容易就猜到他说的是谁了，那肯定是费力克斯高中时期的死对头杰瑞·米切尔。

"那是杰瑞·米切尔。"我告诉他。

"那是杰瑞？"费力克斯惊奇道，"他怎么那么胖，还掉了好多头发！"

---

① 梅尔·托尔梅（Mel Tormé, 1925—1999）：美国爵士乐歌手。

"他的外貌变得可不只这点，"我说，"不过他现在是个医生。"

"我对他的病人表示同情，"费力克斯说，"他曾经虐待小猫小狗，还说他在做科学实验。"

米切尔医生开过一个规模较大的诊所，秉承"一切病痛都有药可治，现代人不应感受一丝不适或不快"的原则经营。后来他在郊外的费尔奇尔德高地买了一所大房子，就住在德维恩和西莉亚·胡佛夫妻俩隔壁。他以医生的身份引诱西莉亚，他自己的妻子和很多不知道是谁的人，吞下安非他明，损毁自己的心智和精神。

我脑袋周围的虫群，也就是我对他人的认知告诉我：杰罗姆·米切尔医生的前妻，是安东尼·斯夸尔的妹妹芭芭拉·斯夸尔，而安东尼·斯夸尔就是那个给我取名叫"神枪手迪克"的警察。

***   ***

父亲临终时的场景是这样的：母亲、费力克斯和我都围在他的床前，吉诺和马可·马力提莫两兄弟开着推土机来医院看他——他们直到父亲生命的终结都始终忠诚于他。后来我们才知道这两位可爱的老糊涂在来的路上毁坏了价值成百上千美元的财物，埋在雪下那些机动车、栅栏、消防栓、邮箱等都被他们碾碎了。但他们不是父亲的血亲，因此只能站在走廊里。

父亲戴着氧气罩，全身都被注射了抗生素，但他的身体还是没能战胜肺炎，很多器官都有问题。医院剃光了他浓密、有活力的头发和胡子，以免发生意外出现火花，在充斥氧气的环境内它会像火药一样爆炸。我和费力克斯进屋时，他看起来像是睡着了在做噩梦，拼命地想把眼睛睁开。

母亲已经在那里待了好几小时了，她生冻疮的手脚用装满黄色药膏的塑料袋套住，因此她没法触碰我们。后来才知道，这是那天早上刚被市里一位名叫迈尔斯·彭德尔顿的医生发明出的冻疮实验疗法。我们以为所有冻疮患者的受伤部位都有塑料袋和药膏包裹着，而事实却是母亲可能是史上第一个被这样治疗的病人。

她是人类的"小白鼠"，我们却完全不知情。

幸运的是，这种疗法并未造成任何伤害。

* * *　　* * *

在我的戏剧闭幕之后的第二天傍晚，父亲永远地闭上了眼睛。费力克斯和我赶回家后听到父亲说的唯一、也是最后的话，就是"妈妈"。后来母亲对我们说，在此之前父亲还说过几句话，他说他至少和孩子们相处愉快，他一直举止体面，虽然没能成为艺术家，但还是希望为米德兰市的审美水平做出点自己的贡献。

$* * *$ $* * *$

母亲说他临终前提到了枪，但他并未就此发表任何言论，他只是说了一个词："枪"。

那些被砸坏的枪，包括那把带来灾难春田步枪，连同风向标一起，在战时被捐到废弃厂。它们可能被丢进熔炉里，重新锻造成炮弹、炸弹、手榴弹等武器，然后去杀了更多的人。

希望它们不要被浪费。希望它们不要用来杀人。

$* * *$ $* * *$

据我所知，他本有机会在临终前吐露一个秘密，那就是杀害奥古斯特·巩特尔的凶手是谁，以及巩特尔那颗头是怎么回事。但他没有。谁会在意呢？四十年前确实是弗朗西斯·莫里西用一把十口径猎枪意外打爆巩尔特的头，如今他已经年迈，成为警长，并且快退休了，再对他提起公诉对社会有什么好处呢？

还是不要自找麻烦了。

$* * *$ $* * *$

我和费力克斯走近父亲时，他回到了婴儿时期，以为他的母亲就在他身边陪着他。他死前坚信自己曾收藏过一幅位列世界前十的佳作，这并非指向阿道夫·希特勒所画的《维也纳的方济会教堂》，父亲死前再未提过希特勒一个字，他生前已经在希特勒身上得过教训了。他眼里那幅可以称得上是世界十大画作之一的，是由约翰·雷蒂希画的《受难的罗马》。那是他学生时期在荷兰以极低的价格买下的，如今那幅画挂在辛辛那提艺术博物馆。

其实在父亲走过的六十八年岁月里，艺术市场甚至是各类市场里的成功画作并不多见，但《受难的罗马》绝对是其中之一。后来为了赔偿梅茨格一家的损失，他和母亲不得不拍卖所有收藏品。当时他们以为光是他们收藏的画作就能卖上好几百万美元。我记得他们在艺术杂志上刊登广告，大意是即将清算重要艺术收藏，欢迎严肃收藏家和博物馆馆长通过预约前来查看。

我记得当时确实有五个人不远万里到米德兰市一探究竟，其中有一人是想要为他位于密西西比比洛克希的汽车旅馆找一百幅画做装饰，其他人都有很高的艺术修养，结果他们发现这所谓的艺术收藏荒唐可笑。

但唯一一幅每个人都想要的画就是《受难的罗马》。最后，辛辛那提艺术博物馆以一个不算高的价格买下它。我敢担保馆长并非因为它的巨大价值显而易见才想收藏它，而是因为著画之人是地道的辛辛那提人，这确实是一件轻若鸿毛的小事，其重要程度仅如衬衫纸板大小一般——如父亲在维也纳画室裸体模特那幅画所取得的进步幅度一般。

其实约翰·雷蒂希死于 1932 年，也就是我出生的那年。他早年离家并且再也没有回去，这点跟我是很不一样的。他先去了近东地区^①，接着去了欧洲，最后在荷兰的福伦丹定居。一战前，父亲就是在那里遇到他的。

福伦丹就是约翰·雷蒂希的加德满都。父亲第一次见到他时，这位生于辛辛那提的美国人脚上穿着一双木鞋。

＊＊＊　　＊＊＊

中性人

《受难的罗马》上有"约翰·雷蒂希"的签名，并标注时间"1888"，表明这幅画的完成时间比父亲出生还早四年。父亲是在 1913 年前后买下的这幅画；费力克斯由此推断，那趟荷兰欢乐之旅，父亲很有可能是和希特勒一起去的。

可能真是这样。

《受难的罗马》的确是以罗马为背景。我从未去过罗马，但以我对罗马的了解，看得出来画中充斥着错置年代的建筑物。比如画中的古罗马圆形大剧场已被修复完好，基督教教堂的塔尖、纪念像和一些建筑细节都是文艺复兴之后、甚至十九世纪才会出现的风格。画中有六十八个人在各种建筑和雕塑之间参加某种仪式，我和费力克斯小时候数过一次，他们很小，但各不相同；另外几百个人则是用印象派的墨点代替；画中横幅飞

---

① 近东地区（Near East）：一般是相对中东、远东地区而言的概念，指距离西欧较近的国家和地区，过去主要指欧洲的巴尔干国家、亚洲的地中海沿岸国家和东地中海岛国塞浦路斯。第二次世界大战后，此称已为"中东"取代，但两者常通用。近东一般用在文明史上，而中东常用在政治上。

扬，墙上缀满用叶子制成的绳子。很有意思。

那六十八个人位于画的左下角，与其他部分相得益彰；但如果你仔细看看，你就会发觉他们其实很痛苦——他们被挂在十字架上。

我觉得这幅画是对人类宗教对人的暴虐的一种温和的批判——甚至是身处现代社会的约翰·雷蒂希也对此深有体会。

我猜它跟我看过的毕加索画的《格尔尼卡》①有着相同的主旨。当时我去纽约参加《加德满都》的彩排时，趁着彩排的间隙，我跑去现代艺术博物馆看了《格尔尼卡》。

伟大的画作！

---

① 《格尔尼卡》（"Guernica"）：是毕加索创作于二十世纪三十年代的一件具有重大影响及历史意义的杰作。画面表现的是 1937 年德国空军疯狂轰炸西班牙小城格尔尼卡的情景。

22

父亲去世后，我自己在医院走廊里踱步。可能有几个人在我背后细语"神枪手迪克"，也可能没有，毕竟那里人来人往，十分繁忙。

我在四楼的死胡同里邂逅了一个美丽的意外，那场景我个人从未体验过。那种美是从西莉亚·胡佛（娘家姓希尔德雷思）身上投射出来的，当时她在病人休息室的沙发上睡着了，屋里阳光灿烂，她十一岁的儿子在一旁静静地看着她。比起在如此恶劣的暴风雪天气里，把他一个人留在家里，带在自己身边还是要更好一些。

他僵硬地坐在沙发边缘。即使在睡梦中，西莉亚也没有给他跑开的机会——她握着他的手。我有一种感觉，如果这孩子试着站起来，她一定会马上惊醒并让他坐下。

但看起来这孩子对此并不反感。

＊＊＊　　＊＊＊

好吧，是的，十年之后，也就是1970年，这个男孩变成了"臭名昭著"的同性恋，住进了离家很远的费尔奇尔德宾馆。他的父亲德维恩·胡佛已经跟他脱离父子关系；他的母亲则开始隐居。为了维持生活，晚上他在新假日酒店的塔里荷厅弹奏钢琴。

我又变回《加德满都》在纽约惨败之前的那个家伙，并回到施拉姆药店值夜班。父亲被安葬在耶稣受难像墓园，与埃勒维茨·梅茨格的墓地离得并不远。我们为他下葬的时候，给他穿上了画家工作服，并把调色板勾在他左手的大拇指上。

为什么不呢？

米德兰市政府用这栋老马车房抵了我们十五年的退缴税，现在一楼用来存放被拆解下来的卡车和公车零部件，二楼则存放着一战之前城市死库存的业务文件。

父亲去世后三个月，母亲和我便移居到马力提莫兄弟开发的埃文代尔小区里的一间两室小蜗居房里。那其实是吉诺和马可·马力提莫兄弟送给我们的礼物，我们甚至没交首付。那时我和母亲已经完全破产，费力克斯还没开始赚大钱，还得付两任前妻的赡养费。老吉诺和马可告诉我们只要搬进去就行，其他的都不需要担心。后来我们才知道，他们给我们的定价比这间房子的实际价格要低很多，我们完全可以按揭买房。它还是间样板房，这就意味着这间房子已经装修好了——室内的窗户安上了威尼斯风格的窗帘、地上修了一条通向前门的石板路、前门有一盏落地式路灯，还有大部分在埃文代尔买房子的人都放弃了的各种奢侈装修，包括一间配置齐全的地下室、浴室铺满瓷砖、母亲卧室里的雪松壁橱、厨房里的洗碗碟机、垃圾清理装置、墙内炉、内嵌式早餐桌、客厅里的华丽壁炉台、室外烧烤区、后院两米雪松栅栏……凡此种种，一应俱全。

* * *　　* * *

直到 1970 年，也就是我三十八岁那年，我依旧每天为母亲做饭、洗衣、整理床铺等。我四十五岁的哥哥已经成为 NBC 的总裁，住在能俯瞰中央公园的高级顶楼公寓里，他还被评为国内最佳着装男士之一。不过那年他刚跟第四任妻子离婚。我和母亲在报纸的八卦专栏里看到，他和他的第四任妻子用一排椅子把房屋一分为二，决不涉足对方领域半步。

那篇专栏还写道，由于 NBC 黄金时段的收视率比其他电视台落后太多，费力克斯可能会被炒鱿鱼。

费力克斯否认了这一说法。

* * *　　* * *

是的，之前说到弗莱德·巴利失去了母亲，马力提莫兄弟建筑公司在糖河中央建造了一间踩着高跷的米尔德里德·巴里艺术中心。之后我有十年没见过巴利先生。

不过有天早上，他的飞行员泰格·亚当斯凌晨两点来到施拉姆药店买东西。我问起巴利先生的近况，他说巴利先生除了艺术中心的相关事宜，对其他事情一概不理。

"他说他想建造属于俄亥俄西南部自己的泰姬陵，"泰格告诉我，"他确实已经孤独成疾了。如果不是艺术中心，我想他可能早就自杀了。"

第二天下午，我跑到商业区的公共图书馆查阅泰姬陵的相关信息。由于社区环境恶化，这里马上就要被拆除了；但凡讲究点的人冬天都不去图书馆看书了，因为总是有很多流浪汉待在那里取暖。

之前我自然是听说过泰姬陵的。谁没听说过呢？它还出现在我的戏里呢。但是我一直不太清楚泰姬陵是在何时、为什么以及怎么建造起来的。

查阅资料后，我才知道它于1653年完工，比我射杀埃勒维茨·梅茨格早了二百九十一年，耗费两万人力、花了二十二年才建造而成。

泰姬陵纪念的是一位妻子。弗莱德·巴利从未有过妻子，我也没有过。这位女性的名字叫穆塔兹·马哈尔，她在分娩时去世。她的丈夫就是印度莫卧儿帝国的君主沙·贾汗。马哈尔去世后，他下令不惜任何代价也要建造泰姬陵以纪念他的亡妻。

＊＊＊　　＊＊＊

泰格·亚当斯那天还为我带来另一个人的消息，那人我也很久没见了。他说两天前的一个晚上，他要在威尔·费尔奇尔德纪念机场降落，由于当时机场跑道上还有人在，他必须要在降落的最后一秒钟内完全停稳。

有个人倒在跑道中间，一直在那里缩着，也没挪过地方。那个时段机场里只有两个人，一个在机场塔台里，另一个在底下给地板打蜡。那个给地板打蜡的人是盖奇兄弟中的一个，后来开着自己的车跑上了机场跑道。

他把那位神秘人士拖上了车，才知道那人是西莉亚·胡佛。当时她光着脚，穿着睡袍，外面套着她丈夫的风衣。机场距离她家有八公里，看来她光着脚走了很远的路，黑暗中她把机场跑道误认为是普通马路走了过来。突然着陆灯全亮了，正在着陆的巴利顿里尔喷射机在离她很近的地方停了下来。

没有人通知警察或者其他人，盖奇也只是把她送回家了。

盖奇后来告诉泰格，她家里没人关心她去哪儿了，也没有因为她安然无恙而松了一口气之类的。她就自己走进屋里，估计也是自己上床躺下了。她进去之后，楼上一盏灯亮了三分钟，然后就灭了，看起来好像是浴室灯。

据泰格说，盖奇对着漆黑的房子说了这样一句话："好好睡吧，宝贝。"

* * *　　* * *

其实他的说法并不准确，家里有条狗摇头摆尾地欢迎她回家，只是她并未理睬。盖奇觉得她并没把那条狗的欣喜放在眼里，既没有抚摸它，也没有感谢它，或者做其他任何动作，当然也没有让它跟着一起上楼。

那条狗是德维恩·胡佛养的拉布拉多猎犬，名叫史帕基，但德维恩很少回家，所以史帕基看到任何人都会很开心，它看到盖奇也很开心。

***　***

其实，在我试着不去关心任何人的时候，在我射杀埃勒维茨·梅茨格时，觉得自己并不属于这颗星球的时候，我短暂地爱过西莉亚，可能只有一瞬，也是爱过的。毕竟她出演了我的戏剧，而且认真严肃地对待它。因此我把她当孩子或者妹妹看待。

真要做一个与世无争的中性人，我就不该写那部戏。

真要做一个彻头彻尾的中性人，我就不该买辆梅赛德斯。是的：父亲去世十年后，我连夜工作，在埃文代尔住着，过得很节俭，也因此攒下了很多钱，我便去买了一辆白色四门梅赛德斯奔驰 W108，还结余很多钱。

这就像一个好笑的意外，"神枪手迪克"突然开着一辆人人欣羡的白色轿车在市里转悠，在车里自说自话，语速还很快。当然啦，其实我是在用拟声唱法驱赶忧郁。我会在梅赛德斯里唱"费迪丽瓦特阿布布""让啊当喂""付迪丽艾特！付迪丽艾特"云云。

﹡﹡﹡　﹡﹡﹡

泰格·亚当斯带来的最让人烦恼的一条有关西莉亚的消息是：在出演《加德满都》之后的七年里，她变得和《绿野仙踪》里的西方坏女巫一样丑陋。

泰格原话是这样的："上帝啊，鲁迪，你绝对不会相信，那个可怜的女人已经变得像《绿野仙踪》里的西方坏女巫一样丑了。"

﹡﹡﹡　﹡﹡﹡

一周之后，她到药店来找我，就在女巫施巫术的夜半时分。

23

那天我刚上班，站在后门欣赏我新买的梅赛德斯，似乎听到不远处有海浪拍打在沙滩上的声音。其实我听到的海浪声是八轮大卡车在州际公路上高速奔跑的声音。那天晚上很暖和，我内心充盈而满足，就缺一把尤克里里为我助兴了。

我背对药店的储藏室站着，那里存放着各种可治疗已知疾病的药物。这时储藏室的门铃响了一下，有人进药店了，有可能是个杀手。半夜来药店的人是杀手的可能性很大，至少也得是个抢劫的。父亲去世后的十年里，我在这间药店被打劫了六次。

我真是个大英雄。

我走到服务台恭迎来者的光顾，管他是不是顾客呢。我留着后门没锁，万一来者是个抢劫犯，我就可以从后门出逃，藏在杂草和垃圾箱后面，至于抢劫的工作就得他或她自己来了，我就不用待在那里任凭他或她差遣。

那位不知是不是顾客的人正在挑货架上的墨镜。谁会在半夜戴墨镜啊?

这人身上穿的风衣十分肥大,衣服下缘几乎都蹭到地板了。这间风衣藏不住一个人,但要藏一支锯短枪身的霰弹猎枪还是绰绰有余的。

"请问您需要什么?"我精神振奋地说,看来这人不是罪犯,可能患有头痛或者痔疮。

那人转过来,我才看出那是西莉亚·胡佛的脸——曾经是镇上最美的姑娘,如今牙齿残缺不全,面容衰老。

我的脑子又把这段记忆写成了短剧。

幕布升起

　　事情发生在位于美国中西部一间破旧的药店里,药店开在小城里最贫穷的地区,二十四小时营业。某天半夜十二点多点儿,店里那位体态臃肿的中性人药剂师鲁迪·沃茨,见到了一位精神错乱的毒瘾怪物。鲁迪非常震惊,因为这位长得很像巫婆的女士,正是西莉亚·胡佛,她曾是镇上最美的姑娘。

鲁迪　　　胡佛女士!

西莉亚　　我的英雄!

鲁迪　　　您说的可不是我。

西莉亚　　是的! 就是你! 我的戏剧文学大师!

鲁迪	（痛苦）哦求您了，别这么说……
西莉亚	你的那部戏，改变了我的一生。
鲁迪	你的表演非常出色。
西莉亚	那些经我的口说出的优美的语句，都是你写的。再给我一百万年我都说不出这么美妙的句子。我这一生几乎没说过什么值得让别人聆听的话。
鲁迪	是你让那些句子重焕光彩，句子本身并没有什么特别的。
西莉亚	我站在台上，下面坐满了观众，他们瞪大了眼睛，不敢相信那些美妙的语言是从又老又蠢的西莉亚·胡佛嘴里说出来的。
鲁迪	那也是我人生中无法忘怀的奇妙时刻。
西莉亚	（模仿观众）"编剧！编剧！"
鲁迪	谢幕的时候，全市人民都在为我们欢呼呢。好了，现在——我有什么能帮你的？
西莉亚	一部新戏。
鲁迪	《加德满都》是我人生中的第一部戏，也是最后一部了，西莉亚。
西莉亚	不是的！我来就是为了来给你灵感的，用我这张新面孔。看看我现在这张脸！这样一张脸该说什么话，你得写出来啊，写一部有关疯老婆子的戏！
鲁迪	（扭头看向外面的街道）你把车停在哪儿？
西莉亚	我一直想要这么一张脸，我希望我天生就长了这么

一张脸，这样我就省了很多事，别人看到我都会说：
"离这个疯老婆子远一点。"

鲁迪　你丈夫回家了吗？

西莉亚　你就是我的丈夫，我来就是为了告诉你这件事。

鲁迪　西莉亚，你现在的状态非常不妙。谁是你的主治医师？

西莉亚　你就是我的主治医师！在这个镇上，只有你让我觉得活着是一件值得高兴的事，那些奇妙的语言就是我的灵药！请多给我一些药吧！

鲁迪　你的鞋都走掉了。

西莉亚　鞋是我自己丢了的！就是为了向你致敬！我把我所有的鞋都丢了。它们现在都在垃圾桶呢。

鲁迪　那你是怎么过来的？

西莉亚　我走来的，我会自己走回家的。

鲁迪　这片小区里到处都是碎玻璃。

西莉亚　为了你，熊熊燃烧的煤堆我也能赤脚走过。我爱你。我很需要你。

（鲁迪细细琢磨了一下她说的话，得出了一个讽刺的结论，这让他倍感疲惫。）

鲁迪　（不带任何感情地说）药。

西莉亚　我们在一起多么般配，疯老婆子和神枪手迪克。

鲁迪	你想从我这儿拿药，而且没开药方。
西莉亚	我爱你。
鲁迪	是的，但是你要的不是爱，是药，是能让人在半夜赤脚走过碎玻璃的药。那是什么，西莉亚。安非他明吗？
西莉亚	事实上……
鲁迪	事实上？
西莉亚	（看起来就像是在例行囤药）请给我二安他命①。
鲁迪	"黑美人"。
西莉亚	我从没听说过它还有这名字。
鲁迪	你知道它们是黑色的亮晶晶的药片。
西莉亚	你听到我刚刚说的药的名字了。
鲁迪	我不会给你的。
西莉亚	（愤愤不平地）我有医生的处方！
鲁迪	就算你有处方吧！但你无论是有还是没有处方，你从前并没有来买过药。
西莉亚	我来是想请你再写一部剧。
鲁迪	你来这儿是因为其他地方都关门了。即使你有全能的上帝给你开的处方，我也不会再给你这种毒药了。这样一来你肯定会说你根本不爱我。

① 二安他命（Pennwalt Biphetamine）：胆固醇药物。

西莉亚　　我不敢相信你竟然这么刻薄。

鲁迪　　你告诉我，这么多年谁对你这么好，给你开这种药？我打赌一定是米切尔医生，还有那个费尔奇尔德高地药店。已经太晚了，他们开始担心接着给你这种药会把你毒死了。

西莉亚　　你为什么如此害怕爱？

（服务台的电话响了，鲁迪去接电话。）

鲁迪　　不好意思失陪一下。（接起电话）施拉姆药店。（他一脸茫然地听完电话里提出的简短的提问）大家都这么说。（他挂断电话）有人想知道我是不是神枪手迪克。好了，胡佛女士，以我对安非他明的了解，我敢断定继续长时间服用会让你很快就开始滥用药物。如果必要的话我会帮你带一些，但我现在想先把你送回家。

西莉亚　　你总是自以为是。

鲁迪　　我去哪儿能找到你丈夫？他在家吗？

西莉亚　　底特律。

鲁迪　　你儿子离这儿就几个街区。

西莉亚　　我对他恨之入骨，他对我也是。

鲁迪　　我们现在就好像在演疯老婆子的戏码，我给米切尔医生打电话。

西莉亚	他已经不是我的医生了。德维恩上周把他打跑了，因为他这么长时间以来一直给我开这种药。
鲁迪	德维恩好样的。
西莉亚	德维恩从底特律一回来，就要把我送到疯人院。是不是很棒？
鲁迪	你确实需要帮助，你需要很多帮助。
西莉亚	那你就抱住我！（鲁迪浑身僵硬）我也不要二安他命了！这里任何东西我都不需要！（她把柜台上的商品一把全扫到地上）
鲁迪	别这样。
西莉亚	哦，我会赔偿的，我会赔偿所有我决定损坏的东西，钱不是问题。（她从风衣口袋里掏出一袋金币）看到了吗？
鲁迪	真棒。
西莉亚	当然！我没骗你。你知道，我丈夫是个硬币收藏家。
鲁迪	这里大概有几千美元了。
西莉亚	你的，都是你的，亲爱的。（她把硬币倒在他的脚下）现在你要不就抱抱我，要不就给我几片二安他命。

（鲁迪走到电话前拨号。）

| 鲁迪 | （轻声哼歌，等着电话接通）斯尅第哇，斯尅第呜。（等等） |

西莉亚	你在给谁打电话？
鲁迪	警察。
西莉亚	你这个死胖子！（她把柜台上的墨镜全部扫到地上）你这个死胖子，纳粹混蛋！
鲁迪	（对着电话）这里是施拉姆药店的鲁迪·沃茨。哪位接的电话？哦鲍勃！我没听出你的声音。我这里需要点帮助。
西莉亚	你这里需要很多帮助！（她把所有能抓到的东西都摔到地上）杀人犯！妈宝男！
鲁迪	（对着电话）不是犯罪案件，是精神病患者。

幕布落下

***　　***

但是警察到的时候，西莉亚已经离开了，只留下满地狼藉。她光着脚，又一个人走进黑夜漫游去了。这是我讲的有关西莉亚的第二个故事，最后以她光脚离开作结。

历史总是惊人的相似。

警察出发去找她，以防她在路上被抢劫、强奸，被狗袭击或者被车撞倒。

我则留在店里清理她造成的混乱。这家店不是我的，因此我也没有立场原谅她或者遗忘这件事。西莉亚的丈夫知道这件事后，不得不掏出一千多美元来弥补店里的损失。那天晚上西莉亚拿过店里最贵的香水，也拿过表，但这些东西都没坏。其实要弄坏一只天美时手表并不容易。不知道为什么，越便宜的表，你越是可以放心它不会轻易损坏。

清理过程中我思绪万千。我是不是应该拥抱她或者给她安非他明？我觉得她的大脑已经被药物损坏了，她不再是西莉亚·胡佛，她是个怪物。如果我真的为她的新面孔写了一部戏，我觉得她可能都看不懂，得有人替她出演她的角色。这人得戴着惊悚的假发，还要把几颗牙涂黑。

编剧怎么可能为这样一个疯老婆子写出美妙动听的台词呢？我的思绪随着这个问题想到另外一个点：如果她先给观众留下百岁老人的印象，然后再告诉他们她的真实年龄，观众一定会十分震惊的，她大闹药店那年才四十四岁。

我一边笨手笨脚地清理着混乱的店，一边想，如果让什么人在后台扮演上帝的话，这个人得有一副像我哥哥那样的好嗓子。

而那位扮演西莉亚的女演员会问上帝，为什么要让她生在人间。

只听后台那个声音低沉地说："为了繁衍。除了这件事，其他的我都不在意，都没什么意义。"

* * *　　* * *

她确实繁衍了后代，这点我确实没做到。想到这里，我停下手里的活，给她的儿子邦尼打了电话。那时他应该待在费尔奇尔德宾馆的房间里。在新假日酒店上班后，那里就成了他的新家。

他还没睡，神志非常清醒。有人跟我说过邦尼染上了可卡因，现在看来只是谣传。

我告诉他我是谁，然后告诉他，他的母亲刚刚来到店里、她的状态在我看来非常需要帮助。"我只是觉得你应该知道这件事。"我说。

我余光瞥见角落里有一只老鼠在听我讲话。它只听到了一半的对话，因此它得费脑筋想想发生了什么事。

而这位被剥夺继承权的年轻同性恋者在电话的另一端笑个不停，笑声格外刺耳。他也没对他母亲那令人担忧的健康状况做任何评价，很明显他很恨她。

不过他并没有挂断电话，还对我说应该多花些时间担心自己的亲戚。

"你这话什么意思？"我问道。小老鼠竖起了耳朵听我说话，不希望错过任何一个音节。

"你哥哥刚被 NBC 开除了。"他说。

我告诉他那只是八卦而已。

他说那已经不再只是八卦了，他已经在收音机上听到了广播。"这是官方消息，"他说，"他们终于把他的真面目查出来了。"

"什么意思？"我问他。

"他就是另一个从米德兰市出来的大骗子，"他说，"这里每一个人都是骗子。"

"这么评价自己的家乡真是好极了。"我讽刺道。

"你父亲就是个骗子,他画不出优秀的作品;我是个骗子,我算不上会弹钢琴;你也是个骗子,你写不出精彩的戏剧。不过我们都待在家里,所以还好。你哥哥的错误就在于他离开了家。你懂的,现实就是这样,别人会把骗子抓出来。他们总是在抓骗子。"

他又笑了起来,我直接挂断了电话。

但是电话铃声立即又响了,我接起来,是我哥哥从曼哈顿的顶楼公寓打来的。他说官方确实下了通知,他被开除了。"这可真是我有史以来遇到的最好的事了。"他说。

"你若真是这么想的,那我为你高兴。"我说。破损的眼镜和西莉亚的金币在我脚下吱吱作响,警察来去匆匆,我根本没机会解释这些金子的来源。

金子!金子!金子!

"这是我人生中第一次有机会找寻真正的自我,"费力克斯说,"以前女人们只把我看作地位崇高的公司高管,认为攀上我,她们也能成为大人物。从现在开始,她们就能把我看作是真正的普通的人了。"

我告诉他我能理解他这种如释重负的想法。他那时候的妻子叫夏洛特,我问他她对这件事作何反应。

"我刚刚说的就是她,"他说,"她嫁的不是费力克斯·沃茨这个人,而是 NBC 总裁。"

我没见过夏洛特,不过我和她在电话里交谈过几次,听起来人很好,虽然可能有一点做作,但我猜她是试着把我当家人才这样，她觉得不论我是什么样的人，她都应该和善。我不知道她是否知道我曾是个杀人犯。

不过费力克斯告诉我，现在她已经疯了。

"我觉得你说得有点夸张了。"我说。

后来才知道夏洛特对费力克斯十分恼火，发了疯似的把他所有衣服的扣子全部剪掉，风衣、套装、衬衣，甚至睡裤都没放过，然后把所有的扣子都扔进了焚化炉。

人是很容易对他人恼火的，在这种情绪下，他们做什么事都有可能。

"妈妈有什么反应？"他问。

"她还没听说这事儿呢，"我说，"我猜这事儿明天会登报。"

"告诉她我从未如此快活过。"他说。

"好的。"我应承下来。

"我觉得她会把这件事看得很严重。"他说。

"再严重也不会比几个月前严重，"我说，"前段时间她遇到一些问题，她异常激愤，精神状态已经变了。"

"她生病了？"他问道。

"没有，不是的，没生病。"我说。其实她那时候已经病了，但我并不知道。"她被指派为新艺术中心的董事会成员。"

"你告诉过我了，"他说，"弗莱德·巴利能想到她真是太好了。"

"现在的情况是，妈妈就现代艺术这件事和巴利先生打起来了，"我说，"她在艺术中心对着巴利先生最初带回来的两件作品大吵大闹，但那两件作品是巴利先生花自己的钱买的。"

"听起来不像是母亲会做的事啊。"费力克斯说。

"带回来的其中一件作品是亨利·摩尔①的雕像。"我说。

"那位英国雕像家？"费力克斯问。

"是的，另外一幅作品是一位名叫拉布·卡拉比凯恩②的画家的画作。"我说，"那件雕像已经安置在雕像花园里了，妈妈说那件雕像就是个四不像，除了它的侧面看起来像个数字"8"。那幅画应该会挂在前门门厅里，你一进门就会看到它。它跟谷仓门一样大，画中有一条垂直的橘黄色条纹，画的名字叫《圣安东尼的诱惑》③。妈妈给报社写了封信，说这幅画就是对爸爸的侮辱，是对每一位曾在世的严肃画家的侮辱。"

电话突然掉线了。我到现在也不知道为什么，我什么也没做，可能是那只老鼠搞的鬼，之前可能摆弄墙里的电话线来着，不过它已经跑了；又或者远在电话另一端的纽约，有人在我哥住的那栋楼的地下室里窃听他的电话；可能是他的妻子雇的私家侦探，想从他身上捞点好处，为之后的离婚做准备。一切皆有可能。

电话突然又通了，费力克斯正谈论着回米德兰市寻根。他

---

① 亨利·摩尔（Henry Moore, 1898—1986）：英国雕塑家，以其大型铸铜雕塑和大理石雕塑而闻名。亨利·摩尔的作品为时代创造了一种新的雕塑语言，那是一种与环境对话的语言，一种充满人性的现代语言。

② 拉布·卡拉比凯恩（Rabo Karabekian）：冯内古特虚构的人物，是一位抽象表现主义画家。冯内古特1987年出版的小说《蓝胡子》就是以此人为第一视角写的自传体小说。

③ 《圣安东尼的诱惑》（"The Temptation of Saint Anthony"）：这幅画是冯内古特虚构的，价值五万美元，最早出现在1973年的小说《冠军的早餐》里。

对我说了一番与邦尼·胡佛完全相反的言论。他说纽约每个人都是骗子、米德兰市的人都很真实，还列举了好几个他高中时期的朋友，说回家后要和他们一起喝啤酒、打猎。

他还提到了几位女性，她们都已经结婚并且有了孩子，或者已经离乡了，所以他还不确定能和她们一起做什么事。但他没有提西莉亚·胡佛，我也没提醒他还有这么个人，更没告诉他西莉亚已经成了疯老太婆，刚刚还来药店里大闹，都快把店拆了。

他当时没提西莉亚的原因很有趣：后来在医生给他开的一份药的作用下，他对我说，西莉亚是他唯一爱过的女人，他应该娶她的。

那时，西莉亚已经离世了。

24

　　其实我在想，西莉亚·胡佛服毒自杀会不会与她的性格有关，若真是这样，我倒乐意试着剖析一下她的性格。不过作为一名药剂师，我并不认为她的极端行为与安非他明毫无关系。

　　每一批安非他明出厂，都会依照法律标注警示语。警示语是这么写的：

　　"安非他明已经被广泛滥用，用药者已经出现耐药性、极端精神依赖性及严重社交障碍症状。不断被加大剂量的用药者称，在长时间大剂量服药后突然中断药物，会导致极度疲劳及精神抑郁，睡眠脑电波亦发生变化。

　　"长期服用安非他明会导致以下症状：重症皮肤病、失眠、易怒、过度亢奋、性格改变等；最严重者会患精神病，类似于精神分裂。"

　　想来点儿吗？

　　　　　　　＊＊＊　　＊＊＊

　　我敢保证，二十世纪末期将会被历史铭记为"滥用药物
的时代"。我哥从纽约回来的时候还揣着一堆药，包括达尔丰、
利他林、安眠酮和安定。他不知道他生了什么病，只知道医
生给他每样都开了点。他说回家是为了寻根，但当我听到他
服用的药物之后，我觉得他应该为自己的双手能找到自己的
屁股而深感幸运，他能在州际公路上找到正确的出口简直是
个奇迹。

　　不过，他开着全新的白色劳斯莱斯敞篷车，在回家的路上
确实发生了事故。这辆车就是药物作用下他做出的疯狂之举。
在被炒鱿鱼、第四任妻子离开后的第二天，他就去买了这辆价
值七万美元的汽车。

　　他把所有被剪了纽扣的衣服像丢进货运汽车一样丢进了劳
斯莱斯，然后驱车前往米德兰市。刚到家时他的谈话（如果还
能称得上是谈话的话）完全是翻来覆去地自说自话。他想做的
只有两件事，一是寻根，另一个则是找到一个能帮他把扣子都
缝回去的女人，当时他只剩下身上那身衣服的扣子了。利用扣
子攻击他，他肯定不堪一击，毕竟他的套装和风衣都是在伦敦
定制的，裤子前裆都不是拉链而是扣子，上衣的袖口也都钉的
是扣子（不论系还是不系）。他穿上一件没有扣子的风衣展示
给我和母亲看，松垮的袖口让他看起来像《彼得·潘》里的
海盗。

* * *　* * *

新劳斯莱斯前挡泥板左部有一处明显的凹陷,从凹陷处射出一条湖蓝色的直线并贯穿左车门。可能费力克斯在开车的时候,左边擦到什么蓝色的东西了,但他和我们一样好奇撞到了什么。

直到今天这也是个未解之谜。不过庆幸的是,现在费力克斯已经完全摆脱了那些药物,我很高兴。但他没有戒酒和咖啡因,不过他控制用量,从不多用。他记得在俄亥俄州高速公路收费亭载了一位姑娘,还向她求婚了。"她在商业区的曼斯菲尔德逃一般地下车了。"有天晚上他提起这件事,说那天离开高速公路后,他径直去了曼斯菲尔德给她买了一台彩色电视或立体声音响或者别的什么她想要的东西,作为他有多喜欢她的证据。

"我可能就是在那儿把车剐了。"他说。

他也知道是什么药让他变得如此亢奋,像脑子短路了似的,"是安眠酮。"他说。

* * *　* * *

如果让从我一生中经过的蜗居房,以及所有美国人可能经过的蜗居房中搜索出一个房前车道上停放着一辆昂贵轿车,甚至车后面还拖着一艘游艇的,我脑海中突然蹦出来的就是我母亲和我住的那间。当时我们的车棚里停着一辆新梅赛德斯,前

213

面的草坪上停着了一辆崭新的劳斯莱斯敞篷车。刚到家的菲利克斯把他的车停在了草坪上。我们很庆幸他没为了停车毁掉落地式路灯和半片灌木林。

然后他走进家门，喊着："浪子回家啦！赶紧设宴欢迎！"之类的。我和母亲知道他要回家，但不知道具体什么时候，因此他回家的时候我们打扮整齐正准备出门。为了避免他回家进不了门，我们还给他留着侧门没锁。

当时我身上穿的是我拥有的最好的西装，不过那段时间我确实胖了许多，衣服紧得像德国蒜肠的肠衣似的贴在我身上，都怪我的厨艺太好了，我尝试了许多新菜，每道菜都非常成功。我身边这位五十年来没长过一两肉的母亲当时穿着费力克斯为她买的黑色连衣裙，这条裙子当时是为了出席父亲的葬礼买的。

"你们俩这是要去哪儿？"费力克斯问。

母亲告诉他："我们要去西莉亚·胡佛的葬礼。"

这是费力克斯第一次听说他高中毕业舞会的舞伴已经不在人世了。上一次他们见面还是舞会那天夜里，最后为了躲开他，西莉亚光着脚走小路跑进了空荡的停车场。

如果费力克斯现在要去追她，他就得去死人去的地方了。

这要是在电影里会是特别美的场景：费力克斯穿着高中毕业舞会时的燕尾服追随西莉亚到了天堂，手里拿着她的金色高跟鞋，一遍又一遍地喊着："西莉亚！西莉亚！你在哪儿呢？你的舞鞋在我这里！"

* * *　* * *

但费力克斯无法追随她，只得跟我们一起出席葬礼。在安眠酮的作用下，他总觉得曾和西莉亚在高中时期有过一段甜蜜的恋情，甚至认为他们本应该结婚。"她就是我一直在找的人，但我一直没意识到。"他如是说。

现在想想，我和母亲当时应该载着他去市医院戒毒的，但我们没有，我们坐进了他的车，并且告诉他葬礼的地点。去的路上车篷一直都是打开的。其实这样去参加葬礼很不合适，何况费力克斯还一团糟——他的领带歪七扭八，衬衫脏兮兮的，他两天没刮胡子了。他有时间去买一辆劳斯莱斯，却没时间去给自己买几件有纽扣的衬衣。看来在找到能帮他把扣子都缝上的女人之前，他是不打算给自己弄一件带扣子的新衬衣了。

* * *　* * *

我们动身前往第一卫理公会教堂，费力克斯开车，母亲坐在后座。倒霉的是，费力克斯撞倒了他第一任妻子堂娜。其实如果堂娜真的死了，那是她自己的责任，她把她的福特雷鸟①停在阿纳森大道她双胞胎姐姐的家门口，但她在机动车道下车

①　福特雷鸟（Thunderbird）：福特公司出的一款车。

时并未检查后方有无来车，这才发生了意外。但这件案子如果开庭审理，它将会成为费力克斯的一件丑闻，毕竟费力克斯之前曾将她摔出车前窗并一直在支付巨额赡养费。而且如此一来，费力克斯服用各种药物的事情就会见光。在评审团看来，费力克斯就是一个开着劳斯莱斯得意忘形的富豪，我敢肯定，这是对他最不利的事实。

费力克斯甚至没有认出她来，我觉得她也没有认出费力克斯。当我告诉他，他撞倒的人是谁时，他的言辞很刻薄。他想起那场事故发生之后，她的头皮上密密麻麻的都是疤，每次他的手指穿过她的头发时，他都会碰到那些伤疤，这时他脑子里就会有个疯狂的念头，那就是他是一个四分卫——"我一直盯着前场看最后谁能前进传球。"他说。

* * *　　* * *

不过到了教堂之后，费力克斯和他的"好朋友"安眠酮之间的关系变得有些微妙。我们迟到了，因此必须坐到后排，那里应该是与已故人士关系最浅的人坐的地方。如果我们闹出动静，人们一定会在座位上抻着脖子到处看我们是谁。

葬礼十分安静，我只听到一个人在哭，她坐在很靠前的位置，我估计是胡佛的黑人女用人洛蒂·戴维斯。她和德维恩是整场葬礼唯一两个哭的人，而其他人自她出演《加德满都》之后，已经有七年没有见过她了。

她的儿子不在场。

她的医生也不在场。

她父母双亡，兄弟姐妹也不知道搬到哪里去了。我知道她有个哥哥死在朝鲜战争的战场上；至于其他人，我记得有人坚称看到她的姐姐雪莉作为临演出现在翻拍版的电影《金刚》中。可能吧。

教堂里坐了大概有两百个送葬者，大部分是德维恩的员工、朋友、顾客和供应商。他的悼词基本就是在讲他多么需要市民的支持、他这个丈夫做得如此失败竟让妻子自杀、他（口头上）对此感到羞愧，等等。他还引用了我在西莉亚自杀第二天，在新假日酒店的塔里荷厅发表的公开声明里的一段话："我确实要承担一半的责任，但另一半应该怪罪于狗娘养的杰瑞·米切尔医生。在座的各位要小心医生给你们的妻子开的药方。这就是我想说的。"

* * *　　* * *

每个工作日晚上五点到六点半左右，米德兰市寡头政权的全体会议会在鸡尾酒廊塔里荷厅召开，声势浩大。以弗莱德·巴利为首的几位很有权势的人都会现身，确保塔里荷厅内所有的讨论都在他们的眼皮子底下进行。如果有人在市里做大生意或者想做大生意，每周至少要在这里露一次脸，即使只是喝一杯姜味汽水。塔里荷厅靠这姜味汽水就大捞了一笔。

德维恩恰好拥有新假日酒店的一部分股权，他的汽车经销店就在旁边，与酒店并排坐落。在柏油路一侧。塔里荷厅就是与他脱离父子关系的儿子邦尼弹奏钢琴的地方。事情是这样的，邦尼曾到酒店应聘，经理就此事询问德维恩的意见，德维恩说他从未听说过邦尼这个人，因此只要这人会弹琴，他并不在意酒店是否聘用他。

接着德维恩好像又加了一句，说他个人比较讨厌钢琴，因为它会影响对话的进行，他只要求晚上八点之前不要有钢琴弹奏。如此一来，虽然德维恩·胡佛没有明说，他也不用再看见他那"行为不端"的儿子了。

***　***

我在西莉亚的葬礼上胡思乱想。我知道不会有什么慷慨激昂或抚慰人心的悼词，毕竟连主持葬礼的牧师查尔斯·哈勒尔神父都不相信天堂或地狱的说法。他甚至不相信每个生命都有意义的，每个死亡都会让我们在震慑中体会到生命不可或缺的东西，等等。在他眼里，那具尸体就是一个在世上走了一遭后已经分崩离析的庸人，而这些哀悼者则是一群来世上走完一遭后便会分崩离析的庸人。

这座城市本身就在分崩离析中。市中心早已没有人气，人们都在城市外围的商业街购物；重工业已经崩溃，人们纷纷迁离此地。

这个星球本身就在分崩离析中，可以说，它已经喝下了德拉诺，因为如果它不先服毒，迟早都会自爆。

我坐在教堂后排思绪翩跹，开始思考生命的意义。我对自己说，母亲、费力克斯、哈勒尔神父和德维恩·胡佛等人其实就是一只大型动物体内的小细胞，根本没必要把我们当作个体来看待。而掺杂着德拉诺和安非他明、静静躺在棺材里的西莉亚，大概只是银河大小的胰腺代谢掉的死细胞吧。

我这么一个小细胞竟把自己的生命看得如此之重，这太可笑了！

然后我意识到自己竟然在葬礼上笑。

我赶紧收敛起自己的笑容，并四周看看有没有人注意到，发现同排另一端的一个人注意到了。当我发现他在看我时，他没有转移视线，继续盯着我看，最后是我把脸转向前面不再看他。他戴着一副镜像太阳镜，我没认出他来，谁都有可能是他。

* * *　　* * *

但是接下来，哈勒尔神父提到了我的名字，我顿时成为整个教堂的焦点。对于那些拿着电子显微镜观察我们这些微不足道的生命的人，我们这些细胞都是有名字的；如果我们稍微有点认知能力，那我们也是知道自己名字的。他提到了鲁迪·沃茨，我就是鲁迪·沃茨。

哈勒尔神父对在场的所有人说，他和已故的西莉亚·胡佛以及剧作家鲁迪·沃茨幸福地共事过六周，这期间他们体现出的无私绝对是全世界人民学习的榜样。他指的便是《加德满都》在当地的排演。当时他扮演的是来自俄亥俄州要去某地朝圣的约翰·福均的角色，西莉亚则扮演他妻子的亡灵。他拥有狮子般的气质，是位极具天赋的演员。

据我所知，西莉亚可能爱上了他，西莉亚也可能爱上了我。不过不论她爱上谁，我们都不可能和她有结果的。

正是由于这位极具天赋的演员的表演，米德兰"面具假发俱乐部"制作的《加德满都》，甚至包括西莉亚的表演都被奉为是整个城镇的精神食粮，并极大地丰富了当地的文化生活。我自己倒是认为这部剧对于观众带来的愉悦与一场好看的篮球比赛别无二致，何况那天晚上礼堂本身的氛围就很好。

哈勒尔神父表示，西莉亚没能活着看到糖河上的米尔德里德·巴里艺术中心的完工让人痛惜，但她在《加德满都》的表演足以说明在中心建成之前，艺术对于米德兰市来说就是不可或缺的。

他说，一个城市最重要的艺术中心不是建筑，而是人。这时他再一次提到了我："我们教堂的后排就坐着'一个艺术中心'，他叫鲁迪·沃茨！"

接着，费力克斯在他的"朋友"安眠酮的作用下不可自已地哭号起来，声音大得像一辆消防车，停都停不下来。

25

感谢上帝。神父结束悼念后，葬礼只剩下一场祷告和几首歌曲，之后伴着退场赞美诗，送葬者将棺材送上灵车。如若不然，费力克斯的哭号一定会毁了这场葬礼。我和母亲决定不去下葬仪式了。当时的我们没有任何想法，只想把他带离教堂、送往市医院；唯一能做到的，就是不先于棺材离开教堂。

我们到得比较晚，因此劳斯莱斯停在距离教堂较远的位置。正要离开的时候，发现几个住在附近的小孩正围着这辆车，用崇拜的眼神看着它。我敢肯定他们之前没见过这个牌子的车，但他们知道这个牌子有多厉害；那虔诚的表情就好像在参加在停车场举办的开棺葬礼似的。

顺便一提，西莉亚·胡佛的棺材是盖上的，这一定是因为德拉诺对她的容貌有所损毁。

我们毫不费力地就把费力克斯塞进敞蓬车的后座，他就坐在车里呜咽啜泣。我想我们应该把他挂到树上，这样他就能藏在树枝和鸟巢里哭了。

但是他没给我们钥匙。那个时候钥匙对他来说太过物质了。于是我不得不翻遍他所有的口袋找钥匙，母亲则在一旁一直催我快点。找钥匙期间我无意中向教堂的方向看了一眼，结果看到了德维恩·胡佛。他可能对其他人说他和费力克斯有些私人问题要处理，让大家在原地稍等片刻，然后他独自向我们走来，其他人站在远处。

大家都以为他会紧跟着灵车，然后在众人好奇或责备的目光中以送葬者的身份目光闪躲地坐进凯迪拉克豪华轿车，在灵车后面亦步亦趋。但他没有，他迈着沉重的步伐走进四十五米开外的停车场。葬礼一结束，我们三个以最快的速度逃离了教堂，因此当时停车场上只有我们在，很明显他是冲我们来的。镇上的人都挤在一起，看着那个支离破碎、悲痛欲绝的健壮男子独自向前迎接他的命运，那场景就像牛仔电影一样凄美。

灵车可以等。

他要先处理他的事。

* * *　　* * *

如果这场对峙编排成一出短剧，布景可以做得简单一些——舞台的后侧是停车场的路基石，一辆敞篷的劳斯莱斯停在旁边（这道具成本会高一些），路基石后面可以画上树和灌木，再做一个精致的木质路标，上面写着：

第一卫理公会教堂
访客停车场

欢迎使用

　　费力克斯坐在劳斯莱斯的后座里抽泣着。艾玛，也就是我们的母亲，和鲁迪，也就是我，站在敞篷车和观众中间。艾玛烦躁不安，急切地想离开这里，鲁迪则是搜遍了费力克斯的口袋找车钥匙。

费力克斯　　谁会在乎钥匙！

艾玛　　快点，赶紧的！

鲁迪　　伦敦的套装上到底设计了多少个口袋？去你妈的，费力克斯！

费力克斯　　你这样让我觉得回家是个错误。

艾玛　　哎呀我要死了。

费力克斯　　我这么爱她。

鲁迪　　你有吗！

（鲁迪无意间向教堂的方向看了一眼，恰好看到德维恩向他们走来，内心一阵惊慌。）

鲁迪　　哦上帝啊。

费力克斯　　我会为她祈祷。这就是接下来我要做的事。

鲁迪　费力克斯，下车。

艾玛　就让他这么待着吧，就让他这么蹲着。

鲁迪　妈妈，看看你身后，德维恩来了。

（艾玛回头看了看，一脸嫌恶的表情。）

艾玛　哦，你以为他会跟尸体待在一起吗？

鲁迪　费力克斯——下车，我觉得有人想使劲揍你一顿。

费力克斯　可我才刚回来。

鲁迪　我没开玩笑，德维恩来了，上周他把米切尔医生痛扁了一顿，现在该你了。

费力克斯　我要跟他打吗？

鲁迪　赶紧下车跑啊！

（费力克斯一面下车，一面嘟嘟囔囔小声抱怨着。他哭得没那么厉害了，但对他来说危险如此虚幻，他甚至都不观察一下危险的所在位置。德维恩走到他身边停下的时候，他正为车身的凹陷和剐蹭痕迹痛惜不已。）

费力克斯　天啊，看看这个，太可惜了。

德维恩　确实，多美的车。

（费力克斯直起身来看着他。）

费力克斯　　你好，你是她丈夫。

德维恩　　　那你是什么？

费力克斯　　什么意思？

德维恩　　　我是她丈夫，但我却没法像你哭得那样惨烈，我这
　　　　　　一生中还从没有过如此糟糕的感觉。我从没听过别
　　　　　　人哭成你那样，不论男女。你跟她是什么关系？

费力克斯　　高中时期我们是情侣。

（德维恩开始思考这件事的真实性，这时费力克斯
从兜里拿出一瓶药。）

艾玛　　　　不准再吃药了！

鲁迪　　　　我哥情况不太好。

艾玛　　　　他已经疯了，我曾经多么以他为傲啊。

德维恩　　　如果他是真的疯了，我会很失落的。我希望他是在
　　　　　　神志正常的情况下哭的。

艾玛　　　　他不能打架，永远不能。

鲁迪　　　　我们正要去医院。

费力克斯　　他妈的等一会儿再去！我就是在神志正常的情况下
　　　　　　哭的！我是在这场该死的风暴中是最清醒的人！到
　　　　　　底他妈的发生了什么事？

艾玛　　　　你就发疯吧，等着头被打爆吧。

费力克斯　　你真是这世上最糟糕的母亲。

艾玛	我告诉你，我从来没在公共场合给自己和我的家人丢脸。
费力克斯	你从来也不钉个扣子，从来也不拥抱我或者亲吻我。
艾玛	谁会因此责备我？
艾玛	你从来不做母亲应该做的事。
德维恩	告诉我你为什么哭！
费力克斯	我们是被用人带大的，你知道吗？站在这里的这位女士每个母亲节都应该得到开关和煤炭①！我和我弟特别了解黑人，但对白人几乎一无所知，我们应该去演黑人滑稽剧。
德维恩	他真的疯了，是吧？
费力克斯	《先知安迪》②。
艾玛	我年轻的时候走遍世界，但从没这么丢脸过。
德维恩	但至少你的妻子没自杀，或者说，你丈夫没自杀。
艾玛	我知道你经历了很多事，那些都比这事痛苦。
德维恩	我不知道在你游历过的那些地方，有没有一件事是比自己的伴侣自杀更让人觉得丢脸的。
艾玛	回去找你的朋友吧。再次向你表示抱歉，我对我儿子的行为感到羞愧，我真希望他死了。回去找你的朋友吧。

---

① 开关和煤炭（switches and coal）：《先知安迪》中的剧情。

② 《先知安迪》（Amos 'n' Andy）：一部美国广播与电视情景喜剧，以曼哈顿黑人住宅区为背景。最初是广播剧，流行于 1928 至 1960 年间，后来被搬到电视荧幕上，主要由黑人演员出演。

德维恩	后面站着的那些人吗？你知道吗？我觉得即使你们不在这儿，我也会独自离开这里的。如果你们没能给我一个停下脚步的理由，我想我会一直走，直到走到加德满都。我是镇上唯一一个没去过加德满都的人。我的牙医都去过加德满都了。
艾玛	你也去斯达克斯那里看牙了？
德维恩	当然，西莉亚也去过——曾经。
艾玛	那为什么我们从来没在那儿见过？
费力克斯	因为他用了含氟的格里姆牙膏。
艾玛	他说的一切我都概不负责。我简直没法想象他是怎么掌控整个电视台系统的。
德维恩	西莉亚从没跟我说过你们曾经是情侣。你知道吗，她一生中最抱怨的，就是没人真的爱过她，所以她怎么还会再去看牙医呢？
艾玛	还有广播电台。他还曾经掌管过广播电台。
费力克斯	你又打断了一次重要的谈话，就跟以前一样。是的，胡佛先生，我和西莉亚在高中时期曾是亲密爱人，但直到坐在教堂里我才意识到，她是我到目前为止唯一爱过的女人，可能也是这一生唯一爱的女人了。希望我这么说没有冒犯到你。
德维恩	我很高兴听到你这么说。可能我看起来不是很高兴，但我心里很高兴。他们随时都会鸣响灵车的喇叭，公墓快关门了，他们让我快点走。你知道吗，她就

像这辆劳斯莱斯。

费力克斯 她是我认识过的最美的女人。无冒犯之意,无冒犯之意。

德维恩 没有冒犯。每个人都有权利说出他认识的最美的女人。该娶她的是你,不是我。

费力克斯 我配不上她,你看看我把这辆劳斯莱斯剐的。

德维恩 看起来你蹭到了什么蓝色的东西。

费力克斯 听着,她和你待的时间比和我待的时间长多了。我可是世界上最差的丈夫之一。

德维恩 没我差。我从她身边逃开了,她过得那么不快乐,我却不知道该怎么做,也没人从我手上带走她。我很擅长卖车,我确实能卖出很多车。我也会修车,我确实能把车修好。但是我知道,我修补不了这女人,我甚至不知道去哪里找修补工具。我把她供在高楼里,却把她忘了。我多希望当初你能及时赶来,救我们于水火之中。但今天你确实帮了我一个大忙,至少我不用惋惜我那可怜的妻子一生都没发现爱的内涵。

费力克斯 我在哪儿?我说了什么?我做了什么?

德维恩 跟着一起去公墓吧。我不在乎你是不是疯了,如果在下葬我可怜的妻子时,你能在一旁哭一会儿,我这位汽车经销商会感觉舒服些。

幕布落下

26

在我看来，每个人都会把自己的人生看作一个有主线的故事。如果心理学家、社会学家和历史学家等学者能秉承这一理念展开研究，他们一定会有更丰硕的成果。

因此，如果一个人能够安然活到六十岁甚至更久，那么他或她的故事可能已经到了最终话，只剩一段收场。生命没有结束，但故事主线已经结束了。当然，有些人可能并不喜欢他们的故事这样收场，便选择自杀为自己的生命画上句号。欧内斯特·海明威是这样的，原姓希尔德雷思的西莉亚·胡佛，也是这样的。

当我父亲为我射杀埃勒维茨·梅茨格一事一肩担下所有责难、被警察从铁梯扔下时，我觉得他的故事主线就已经结束了，他自己也一定是这么认为的。这是他设计的故事主线，他做不成艺术家、做不成军人——但至少他能做成一个诚实可敬的大英雄，而这个机会早晚会自己走到他面前的。

而机会真的从天而降,他成了自己眼中诚实可敬的大英雄,然后被扔下了楼梯,就像垃圾一样。

彼时,某个地方应默默出现这样几个字:

全剧终。

但是这些字并未出现。即便如此,他的故事主线也已经结束了,接下来的那些年仅仅是收场。那感觉就像在不知所谓的垃圾里选购商品,顶多经历几件乱七八糟的怪事罢了。

对于国家来说,也是一样。国家会把自己的发展历程看作故事;故事主线会有终结,但生命永远存在。我母国的故事线可能在二战后,当她成为了全球最富有最强大的国家时,当她准备用她手中的原子弹去"维护"世界其他地区的"和平"时,就戛然而止了。

全剧终。

费力克斯非常喜欢这个理论。他认为他的故事主线在他被推举为NBC总裁、被选入全球十佳优秀着装男人的时候就结束了。

不过,他说他的收场比他的故事主线更精彩,堪称人生最棒的一段旅程。肯定有很多人和他有相同的感受。

伯纳德·凯彻姆曾跟我们说过柏拉图和一位老人的一段对话。柏拉图问老人,如何看待再也感受不到性快感一事。老人回答说，感觉就像终于被允许从野马上下来。

费力克斯说，他被 NBC 开除时，他就是这种感受。

＊＊　　＊＊＊

这么多人试着为人生创造美好故事可能并不是件好事，毕竟创造的故事就像酒吧里的野马游戏装置一样做作而无聊。

对于国家来说，试着成为自己设计的形象更为糟糕。

大概联合国及各类大大小小议会的门口都应该刻上这样几个字：把你设计的故事丢到门外。

＊＊　　＊＊＊

从野马上下来那种如释重负的感觉，我是在西莉亚·胡佛的葬礼上体会到的。哈勒尔神父当众对我许久之前射杀埃勒维茨·梅茨格一事表示原谅。如果这件事还不够格，那几年之后，母亲因壁炉的辐射离世确实给了我这种感觉。

是我断送了她和父亲的人生，我也尽我所能地在弥补她。当她不再需要我的服务时，我们就两清了。

＊＊　　＊＊＊

如果不是那位来自俄亥俄州立大学的艺术历史学家，我们可能永远都不会发现那个壁炉台是杀害我母亲的凶手。那位学者名叫克里夫·麦卡锡，他也是位画家。如果不是母亲对弗莱德·巴利为艺术中心买下的作品提出强烈抗议，引起极大的关注，克里夫永远没有机会进入我们的生活。他在《人物》杂志上读到有关她的报道。再次提醒各位，如果当初不是她脑子里那几个小肿瘤在作祟，母亲是不会如此热衷于与弗莱德·巴利争吵的。而这几个肿瘤就是在壁炉台的辐射下长出来的。

这还真是环环相扣啊！

《人物》杂志在报道中称母亲为俄亥俄画家的孀妇。当时克里夫·麦卡锡在一位克利夫兰慈善家多年的资助下致力于书籍编纂，希望能把来自俄亥俄州的每一位严肃画家都写进书里，但他从未听说过我父亲。因此他来到我们住的这间蜗居房拜访，还为挂在壁炉上面那幅父亲未完成的画拍了照。那幅画是屋里唯一值得拍的，因此他把相机架在三脚架上用曝光技术拍了好几张。我敢肯定，他只是处于礼貌。

当时他那部相机用的是 4×5 的扁平胶卷，之前他在其他地方用了一些，于是他又从包里拿出了一些。

后来他不小心落了一卷在我家，就放在壁炉台上。一周之后，他要经州际公路去往别地，便顺路到我家拿走了胶卷。

三天之后，他给我打电话说，那卷胶卷全都变成了黑色，他一个教物理的朋友说，胶卷之前可能放在靠近高辐射性物品的地方。

　　　　　　　＊＊＊　　＊＊＊

　　他在电话里还给我提供了一条信息。之前他一直在读伟大的俄亥俄画家弗兰克·杜韦内克最后几年的日记。这位画家死于 1919 年，终年七十一岁，最高产的几年是在欧洲度过的，但他妻子在意大利的佛罗伦萨去世后，他便回到了他的老家辛辛那提。

　　"他在日记中提到了你父亲！"麦卡锡说，"杜韦内克在 1915 年 3 月 16 日听说，有一位年轻的画家在米德兰市建造了一间无与伦比的画室，他便前往一探究竟。"

　　"他怎么说的？"我问。

　　"他说那真的是一间非常美的画室，世界上任何一位艺术家都会为了得到它而不惜牺牲一切。"

　　"我的意思是，他是如何评价我父亲的？"我说。

　　"我觉得他很喜欢你父亲。"麦卡锡说。

　　"其实，我很清楚我父亲是个骗子，我父亲对此也是很有自知之明的。杜韦内克大概是唯一一位见过我父亲虚伪模样的重要画家。不论他的语言多么尖酸刻薄，请告诉我实话，杜韦内克是怎么说的。"我说。

　　"好吧——我给你读读。"麦卡锡说，然后便读了起来，"'奥拓·沃茨应该被枪毙，因为他证明了这个世界上最后一件需要被证明的事：艺术家就是一无所成之人。'"

* * *　　* * *

　　民事防护负责人通俗点讲就是，一旦发生第三次世界大战，你应该打电话给他的人。我到处打听负责人是谁，我想他应该会有一台盖革计数仪①或者其他检测辐射的手段，可以对壁炉台进行检测。后来打听到市里的民防负责人是洛厄尔·乌尔姆，他在机场旁边的牧羊人镇高速公路收费处开了一间洗车场。重要的是，他手里确实有一台盖革计数仪。

　　于是我们说好他下班之后到我家来，但他得先回家拿盖革计数仪。母亲经常长时间坐在壁炉台前，看着炉里跳动的火苗，或抬头看着挂在上面的父亲未完成的画。结果证明，它看似无害，其实是杀人犯！洛厄尔·乌尔姆在探测之后说道："我的上帝啊！这玩意儿辐射系数比一辆在广岛的婴儿车还高！"

* * *　　* * *

　　之后便有工作人员到我们这间蜗居房清除辐射。他们全副武装，打扮得像登月宇航员似的。我和母亲则搬到了新假日酒店暂住一日。这件事的讽刺之处在于，如果她是一位"正常"

---

① 盖革计数仪（Geiger counter）：探测放射能量的仪器。

的母亲，整日不是待在厨房忙碌，就是待在地下室忙碌，或者出门采购；如果我是一个"正常"的儿子，整天等着被喂食、待在客厅里耗时间，被辐射致死的那个人就会是我了。

在那之前吉诺和马可·马力提莫兄弟就已双双离世，可能对此事并无察觉。如果他们知道当时给我们的房子竟是如此危险，他们会很悲痛的。西莉亚·胡佛的葬礼前一个月左右，马可就老死了。几个月之后，吉诺死于发生在艺术中心的一场反常事故中。那天他正在对中心的吊桥做最后的修整，为一周之后的落成典礼做准备，结果触电而死。在米尔德里德·巴里艺术中心建设过程中，竟有两人死亡。

我不知道在泰姬陵的建设中有多少人死亡，可能有好几百人。美，总是要付出代价的。

* * *　　* * *

不过吉诺和马可的儿子们十分严肃地对待这次的壁炉事件。如果他们的父亲在世，应该也会和他们一样尴尬紧张。后来因为我和费力克斯决定起诉他们公司以及许多其他相关人员，他们还跟我们说了很多不该说的话。他们告诉我们，壁炉台的材料是从辛辛那提外一家装饰公司后面杂草丛生的废料堆里找到的，当时老吉诺并没看出来它有什么不妥，便用很便宜的价格将其买下，用于样板房的装修，这间样板房就是我们在埃文代尔住的那间房子。

在幸运女神和几位诚实人的帮助下，我们最终查到了用于壁炉台制作的水泥的发源地。这些水泥来自田纳西州橡树岭，1945 年美国丢在广岛的原子弹中所用的高加浓度铀 -235 就是在此地生产的。后来，纵使很多人知道这些水泥具有高辐射性，政府还是允许它们以军用剩余物资的形式进行售卖。

有个男孩在母亲节那天，抱着上膛的春田步枪站在圆顶塔楼上。而政府在水泥这件事儿上，和那个的笨蛋男孩一样粗心大意。

$$* * * \quad * * *$$

等到我和母亲再搬回那间蜗居房的时候，壁炉已经不在了。我们也就离开了二十四小时，但原来的壁炉已经变成了石膏板墙体，整个客厅也被重新粉刷，完全看不出来这里曾经有个壁炉。装修的全部费用由马力提莫兄弟建筑公司承担，我们没有花一分一毫。

费力克斯没能和我们一起见证这一时刻，他当时用假名字应聘了一份工作——印第安纳南本德销售家电，不过他的上司知道他是谁，或者知道他曾经做过什么台的播音员。即使知道也没什么丢脸的，因为这是他想做的工作，也是他认为的自己注定要做的工作。他不再服药，我们都为他感到骄傲。

　　　　　　　＊＊＊　　＊＊＊

　　当母亲发现房间里的壁炉消失之后，她向我提出了一个很重要的问题："亲爱的，我不认为我想留在一个没有壁炉的房子里生活。"

　　你可能会问："你母亲的人生哪一段是主线，哪一段是收场？"我觉得从某种程度上讲，她和父亲有点相似，在我和我哥哥出生之前，她的人生就只剩下收场了。她的早年境遇事实上已经宣告了她只能按照小人物的剧本过活，刚开始没多久就剧终了。比方说，她从来没被引诱着去做坏事，因此她也没什么需要弥补的。她从没去找过以任何形式出现的圣杯，因为很明显那是男人的工作，反正她已经拥有了一个不断溢出美食美酒的杯子。

　　我觉得这就是许多美国女人如今所抱怨的生活：他们发现人生的主线短得可怜，但收场又长得过分。

　　而我母亲故事的主线，在她嫁给镇上最风流倜傥的富家公子后，就戛然而止了。

27

母亲说她不确定自己是否想在没有壁炉的房子里住，话音刚落，电话铃响了，母亲去接了电话。之前一直是我去接电话，不过现在她总是抢在我前面。自从她在与抽象派艺术的圣战中成为当地的圣女贞德，几乎打到我们家里的每个电话都是尖叫着要找她的。

米尔德里德·巴里艺术中心的开幕式邀请了很多闻名于世的艺术创作家，他们从全国各地赶来做演讲或表演。然而现在它就像市中心的老西尔斯罗巴克百货或火车站一样空空荡荡的。我们这里的火车站之前是曼侬和纽约中央线路的交叉站点，但现在火车已经不经过这里了。

母亲已经被赶出了艺术中心的董事会，她屡次打断会议进程，对媒体、教会组织、花园俱乐部等散布对艺术中心的不利言论的行为，已经无法让董事会坐视不理。如今她已经成为尖酸刻薄、火药味十足的公共演说家。而弗莱德·巴利则沉寂得像那家艺术中心一样安静。我曾几次看到他的林肯豪华轿车，但轿车的后车窗是不透明的，我不能确定他是否在车里。后来我还在机场看到过他们公司的商务飞机，但我从未见过他。有时候我很希望能听到有关巴利先生的消息。以前，他们公司的员工有时会到药店里买东西，我还能从他们嘴里得知巴利先生的近况；然而现在他的员工不论白天还是黑夜都不会光顾施拉姆药店，很明显他们在抵制这家药店——因为我母亲的小儿子在那里工作。

因此，母亲在接到这通电话的时候非常吃惊，与她通话的不是别人，正是弗莱德·巴利。他恳切谦恭地表示，他想来拜访母亲，希望她能够在家里待一小时和他聊聊。之前他并未造访过我们这间蜗居房，我估计他也从来没来过埃文代尔。

母亲对他说来吧。这就是她的原话，她用非常平静的语气对他说"如果想来就来吧"，好像她从未和对方争吵过似的。

* * *　　* * *

那时我和母亲还没认真思考过那个有辐射的壁炉台对健康有多大影响，也没人提醒我们应该这么做，甚至到后来也是一样。民事防护负责人兼洗车场大亨乌尔姆，从电话中得到华盛顿的核能管理委员会某人有关这起事件的指示，大意是不引起恐慌就行。为了避免引起恐慌，那些穿着防护服、把壁炉拆毁的工作人员必须誓守秘密——以爱国的名义，以国家安全的名义。

华盛顿方面编造了一个故事以掩盖事实，并在我和母亲搬到新假日酒店期间散播到埃文代尔的每一个角落，大致是说，我们的房子被白蚁咬得满目疮痍，前来整修房子的工作人员不得不穿上防护服，以免被携带氰化物的昆虫杀害。

昆虫啊。

于是我们这片并没有恐慌。好公民是不会恐慌的。我们镇静地在家里等着弗莱德·巴利的到来。我站在落地窗前，透过窗帘中间的玻璃向外面的街道看去；母亲则斜躺在费力克斯在三年前的圣诞节送她的按摩椅里。她在椅子里的震动几乎不可察，只有身下的机器发出的嗡嗡声提醒着我，按摩椅正在低挡运转中。

母亲已经了解到，之前她一直身处充满辐射的环境，她说自己并未感觉身体有任何变化。"你觉得你身体有什么变化吗？"她问我。

"没有。"我说。我觉得这种对话以后会变得越来越普遍的，毕竟辐射性物质已经扩散到世界各地了。

"如果之前我们身处这么大的危险中，"她说，"我们应该会注意到什么吧。你不觉得会出现一些奇怪的现象，比如壁炉台上有昆虫尸体，或者植物叶子上长出可笑的斑点之类的？"

她口中的奇怪现象，其实是小肿瘤在她的脑子里生根发芽。

"他们竟然告诉邻居我们家有白蚁，我很难受，"她接着说道，"我希望他们能想到其实是出了什么别的事。说我们家有白蚁就好像在宣告我们得了麻风病。"

　　后来我才知道她为什么会这么说，小时候她曾被白蚁吓出了心理阴影，之前她从未跟我提过。这么多年来她逼着自己不去想这件事，但是现在她满怀惊恐地对我讲述了这段可怕的经历。小时候她一直认为她父亲的宅第坚不可摧，有一天她走进家里的音乐室，突然看到地板上、靠近大钢琴的护壁板上，甚至是钢琴腿和键盘上都覆着一层像泡沫似的东西。

　　她说："那是些都长着闪闪发光的翅膀的虫子，数都数不清，远远看去就像液体一样。当时吓得我赶紧跑出去告诉我爸，他看到之后也完全不敢相信自己的眼睛。父亲轻轻地踢了一下钢琴腿，接着它就倒了，像是用硬纸板做的似的。钢琴就这么塌了。之后好几年里都没人碰过那架钢琴，生怕把虫子带出那间屋子。"

＊＊＊　　＊＊＊

　　这绝对是她一生中记忆最深的事件之一，我之前却从没听她说过。

　　如果她的生命止于童年，她可能会认为生命就是你去过的地方。万一你就是想看白蚁啃噬大钢琴呢。

＊＊＊　　＊＊＊

　　弗莱德·巴利和母亲一样都年事已高，在现代艺术好还是不好这个问题上也已争论多年。今天他开着他的豪华轿车来了，我把他请进了门，母亲则躺在按摩椅里接待了他。

"我今天来是投降的，沃茨女士。"他说，"您应该为自己感到自豪。我已经对艺术中心不再有任何兴趣，之后它可能会变成一个养鸡合作社，但都跟我没有关系了，我会永远离开米德兰市。"

"我明白您的良苦用心，巴利先生，"母亲应道，"我丝毫不怀疑您的善意，但下次如果您想送他人一件很棒的礼物，请先搞清楚那人是否真的想收下这样一份礼物，不要硬塞给他们。"

他把自己的公司以数亿美元的价格卖给了拉姆杰克公司^①，把农场卖给一家为阿拉伯人收购美国农场的公司。不过据我所知，并没有阿拉伯人前来考察。巴利先生搬到了卡罗莱纳州南部的希尔顿黑德岛，自此以后我再没听过有关他的消息。他满腹心酸与委屈地离开，并未留下任何资金以维持艺术中心的运营。而这座城市的贫穷只能任凭它走向荒芜。

有一天，火光四射。

* * *　　* * *

弗莱德·巴利先生向母亲投降一年之后，母亲便驾鹤西去。

---

① 拉姆杰克公司（RAMJAC Corporation）：冯内古特虚构的国际集团。

她最后一次躺在医院里的时候以为自己坐在宇宙飞船中，她把我当作父亲，而我们正飞往火星进行人生中第二次蜜月旅行。

她的状态与常人无异，但认知完全是错误的，还抓住我的手不放。

"那张图片。"她嘴角上扬，轻轻捏了一下我的手，说了这么几个字。全世界的画成千上万，我略作思考，猜她指的是父亲在维也纳虚度光阴之时提笔画的那张没完成的杰作。但她解释了一下，我便反应过来她指的其实是剪贴簿上的一张照片，照片里的她正乘着划艇漂在一条小河上。照片可能是在欧洲拍的，也有可能是在糖河拍的；船被绑在岸边，周围没有桨，可见她并没有要划船去什么地方。那天她穿着一身夏日洋装，头戴一顶花园草帽，斑驳的树影投射在她周身的水面上，旁边有人让她在船里摆拍。她笑容灿烂，可能是新婚，或者马上要结婚了。

那是她最快乐的时刻，是她最美的时刻。

谁能猜到这位年轻的美女有一天会乘坐宇宙飞船登上火星呢？

* * *　　* * *

母亲终年七十七岁。在这样的年纪，任何问题都可能是致死的原因，包括自然的寿终正寝。但是尸检结果表明，母亲除了头里长了几个肿瘤，其他部位都和一匹年轻的骏马一样健康；

而那种肿瘤的生长只有可能是辐射导致的。于是费力克斯和我请来伯纳德·凯彻姆帮我们打官司，起诉所有以任何形式买卖来自橡树岭的辐射性水泥的商家。

这官司进行了一段时间，其间我每周六的晚上还在施拉姆药店上夜班，也继续在埃文代尔的蜗居房里打点家务，毕竟打扫一间屋和打扫两间屋的差别并不大。

我也依旧不合时宜地享受着梅赛德斯给予我的愉悦。

有段时间，我成为诱拐谋杀一名小女孩的犯罪嫌疑人，虽然是误解，不过州警察按程序扣押了我的梅赛德斯，在车的表面用指纹粉与真空吸尘器等工具一点一点地搜集证据，任何死角都不放过。后来他们把车还回来的时候，给我带了一份无罪证明书。他们对我说，这辆车使用了有七年，跑了十六万公里左右，但车里的每一根头发、每一个指纹都只属于一个人，那就是这辆车的所有者，他们从未见过这样的事，简直让人不可置信。

"你不是那种擅长交际的人，"一位警察说，"那你为什么买一辆四门轿车呢？"

*** ***

圆点布朗尼的做法：

半杯黄油加热融化，加入四百五十克红糖搅拌均匀后，倒入两夸脱的平底锅中。将锅置于小火之上，轻轻搅拌液体至起泡后，放凉至室温。接着打入两个鸡蛋、一茶匙香草粉，搅拌均匀后倒入过筛的面粉中，再加入半茶匙盐、一杯碎榛子、一杯半甜巧克力小块。

在宽约二十三长约二十八厘米的烤盘的内表面均匀涂抹一层油，再将上述混合物倒入盘中，以一百一十二摄氏度的温度烘烤三十五分钟。

烘焙完成后取出，放凉至室温；在刀上抹一层油，将成品切成小块，即可食用。

＊＊＊　　＊＊＊

等待手头的诉讼收尾的过程中，我的心情绝不比米德兰其他市民甚至是全国其他市民差。不过可能你会对这两者的相关性有些许疑惑。我依旧从自创的拟声歌唱中寻求慰藉，歌词都不过脑子，随心所欲地用了很多"斯克第瓦斯"和"博迪欧道斯"等。其实我的梅赛德斯里有蓝宝①汽车立体声广播，不过我很少用。

说到拟声唱法，我想起有天早上，我在威尔·费尔奇尔德纪念机场的男厕里发现有人用圆珠笔在瓷砖上乱写的东西，还挺有意思的。那天破晓时分，我正在下班回家的路上，经过机

---

① 蓝宝（Blaupunkt）：蓝宝公司是德国博世属下全资子公司，主要生产汽车音响和汽车导航设备。欧洲第一台汽车收音机以及欧洲第一台车载导航系统就是这家公司生产制造的。

场的时候，突然腹部一阵异样，有要拉肚子的冲动。昨天晚上上班之前我吃了太多圆点布朗尼，肯定是那些甜品让我闹肚子。

于是我迅速进入机场，从我的四门梅赛德斯上跳下来。本来我没想进机场大楼的，我只想在没人看得见的地方解决问题。但在这个不太会有人出现的时候，我在停车场里发现了另外一辆车。我试着开了一下车门，发现车没锁，车里有人。

于是我飞奔进男厕，发现有人在用机器为地板打蜡。我根本顾不得他，直奔马桶而去，最终得以"一泻千里"。起身后浑身舒爽，恢复成其他正常人镇定体面的模样（甚至更矫揉造作一点）。那一刻，开心和健康都不足以形容我当时的状态。接着，我便在盥洗盆的瓷砖上看到下面这段龙飞凤舞的字：

"存在即是实干。"——苏格拉底[①]

"行动即是意义。"——让·保罗·萨特

"嘟比嘟比嘟。"——弗兰克·辛纳屈[②]

[①] 这三句的巧妙之处在英文原文中体现得更为明显，这三句的英文分别是：

"To be is to do."—Socrates

"To do is to be."—Jean-Paul Sartre

"Do-be-do-be-do."—Frank Sinatra.

其中，第三句，出自弗兰克·辛纳屈的歌曲《夜晚的陌生人》("Strangers in the Night")，这句话出现在歌曲的结尾处，没有实际的含义，只是一段哼奏的拟音。

[②] 弗兰克·辛纳屈（Frank Sinatra, 1915—1998）：二十世纪最重要的流行音乐人物。这位集歌手、演员、电视节目主持人、唱片公司老板等多重身份的娱乐界巨头，三次获得奥斯卡奖，受到全球乐迷的爱戴。

后记

　　如今我已亲眼所见，一枚中子弹会给一座小城带来怎样的打击。我在老家米德兰市待了三天便回到了奥洛佛逊酒店。米德兰仍是我记忆中的模样，唯一的不同就是已经没人住在那里了。安保措施简直密不透风，爆炸区域用很高的围墙围起来，上面还安着带刺铁丝网，每隔二百七十米左右便有一个瞭望塔。该区域前面是片布雷区，上面覆盖着一层带刺铁丝网。但这层铁丝只起到警示作用，并不能有效阻挡他人进入。

　　市民只能在白天进入围墙之内。夜幕降临后，这片爆炸区域便成了自由射击区，奉上级命令，士兵击杀任何移动的人或物。士兵的武器都是配备红外瞄准镜的，即使在黑夜里，士兵也能看得一清二楚。

　　至于白天，在围墙里的市民只能通过一种交通方式移动，即浅紫色的校车。司机是一名士兵，车上还有其他不苟言笑的士兵做向导。如今这片土地已经成为政府资产，从私有变为公有了。任何人都不允许开着自己的车踏入围墙界内，或在里面随意走动，哪怕这片土地上曾有他的生意、他的亲人甚至他的一切。

　　当时费力克斯、我、我们的律师伯纳德·凯彻姆，以及奥洛佛逊酒店的服务生领班希波吕忒·保罗·德·米勒去了那里。费力克斯和凯彻姆两人的妻子不愿与我们同去，担心被辐射影响。费力克斯的妻子尤其担心，因为那时她已经怀孕了。其实中子弹唯一的善良就体现在爆炸之后不会有辐射残留，但不论我们怎么解释，这两位迷信的女人都不信。

　　之前我和费力克斯为母亲下葬时也遇到过这种愚昧的人。那时我们要把她和父亲合葬在耶稣受难像墓园，她的尸体并不具有辐射性，但他们死活不信。他们坚信她的尸体对其他人的尸体有辐射作用，会使其在黑夜里燃烧，因此她应该水葬，等等。

　　要让我母亲本人具有辐射性，她得咬下一块壁炉台的泥石吞进肚子里并且有生之年未能将其排出体外。如果真是这样，那毫无疑问，在接下来两万多年里，她一定会是超级恐怖的危险因素。

　　但她没有。

＊＊＊　　＊＊＊

　　这次回来我们带上了老希波吕忒·保罗·德·米勒与我们同行。他之前从未离开过海地，这次跟我们一起回来是以一位海地厨师为借口。这位厨师是兽医艾伦·马力提莫夫妻俩的厨子，而希波吕忒·保罗是那个厨师的老大哥。艾伦是马力提莫家族的一员，他不愿意做建筑生意，因此他算是家族里的异类。他们一家都死于那场爆炸。凯彻姆给希波吕忒·保罗弄到了假证明，并把那些证明和我们的混在一起，这样我们就能一起乘着紫色校车进入围墙了。

我们对希波吕忒·保罗如此费心是因为他是我们最有价值的员工。如果不是他的好心和能力，奥洛佛逊大酒店也就是个毫无价值的空壳子。他值得我们花时间逗他开心。

但是希波吕忒·保罗对这趟旅行太兴奋了，他说要送我们一份非常特殊的大礼，本来我们想找个合适的时间礼貌地拒绝他的好意的。他要送我们的大礼就是，如果我们认为在接下来的几百年里，某人的魂魄应该在米德兰市里游荡，他能让那人从墓里爬出来，去他想去的地方。

我们真的很努力地拒绝相信他能做成此事。

但是他能，他真的能。

太神奇了。

* * *　　* * *

这里没有什么气味。我们本以为这里会混杂着很多种气味，但是没有。陆军工程兵已经把所有尸体都埋在警察局对面的方形市政停车场。是的，就是老法院大楼所在的那个警察局。工程兵重新铺设了停车场，停车计费表就立在停车场后方，杆下还有一片矮小的植物园。听说我们的行踪全部都被拍下来了——

从停车场到万人冢，然后又回到停车场。

当时我们坐在校车里且不能下车。我哥哥费力克斯用他深沉的嗓音幻想说，可能有一天一个飞碟降落在万人冢，外星人走出来看到这一场景便认为，整个星球都是沥青，唯一的生物就是停车计费表。

"对于一些暴眼怪物来说，这地方就像伊甸园似的，"费力克斯接着说道，"他们会爱上这个地方，会用枪托打破停车计费表，把里面的假币、啤酒瓶盖和硬币吃个精光。"

* * *　　* * *

我们看到了几个拍摄人员，他们严禁我们碰任何东西，即使有些东西无疑曾是我们的财产。我们就好像身处国家公园一样，里面全部都是濒危物种，我们连摘朵小花闻一闻都不行，因为那朵小花很有可能是这个品种里的最后一朵了。

举个例子，校车载着我们回到我和母亲住在埃文代尔的蜗居房时，我踱步到隔壁的米克家门口。年幼的吉米·米克那辆白色轮胎的三轮自行车端坐在车道里，静静等着它小主人的到来。我把我的手放在车座上，只是想轻轻地前后推一下这小车，感叹一下米德兰万千生命的意义。

结果我听到了如此惨烈的一声吼叫！

负责带领我们行动的朱利安·派夫可队长冲我大叫："把手放进布兜！"这是其中一条行动准则：男性一旦走出校车，须随时将手放在衣兜里。女性如果穿着有衣兜的衣服，须与男性做相同动作；如果未穿着有衣兜的衣服，须随时将双臂交叉置于胸前。派夫可提醒我，只要我们位于围墙内，我们就要服从军法管制。"如果再耍这样的小把戏，先生，"他警告道，"你就得被关起来了。去岩堆山军事基地待二十年你觉得怎么样？"

"我错了先生，"我说，"我决不再犯。"

之后便再没出现过这种问题，我们都十分注意自己的言行，在军法管制下，各种习惯你都能迅速养成。

任何东西都要保持原样的原因自然是便于摄制组能在没有任何虚假成分的情况下记录真实情况——中子弹爆炸未损毁任何基建设施。

怀疑论者这下彻底无话可说了。

* * * * * *

这座空城并未给我毛骨悚然的感觉，同行的希波吕忒·保罗也十分享受此次旅行。他不思念任何人，因为无人可思念。唯一让人无语的是，限于克里奥尔语的时态性，他一直在用现在时惊呼着："那些人'现在'真有钱！他们太有钱了！"

不过费力克斯终于忍不住要抱怨我的平静了。那天下午是我们第二次去爆炸区域里逛。结束之后，他终于爆发了："上帝啊！你就不能稍微有一点点情绪吗？"

我是这么回应他的："这里的每一件东西我成年之后都没见

到过。除了我现在看到的是太阳下山而不是升起,我现在看到的、感受到的米德兰市和我每每黎明时分锁上施拉姆药店大门时看到的、感受到一模一样,那就是——

"每个人都离开了,除了我。"

* *　* *

我们被准入米德兰市以便记录所有确定的、可能的个人财产及认为可以继承的财产并拍照存证,一次性将所有法律细节整理清晰。就像我之前提到的,我们被严禁触碰任何东西。若有人企图从围墙内偷运东西出去,不论东西值钱与否,普通市民要坐二十年牢,士兵则直接处以死刑。

我前面也提到过,现如今这里的安保措施非常周全。我听到许多比我们损失更大的来访者表扬军队整洁的仪表与高效的作风。似乎终于有人好好治理米德兰市了,早该这样了。

不过我们来到这里的第三天,也就是最后一天早上,围墙外的布雷区界外,针对联邦政府的叛国言论开始发酵。生活在爆炸区域边缘的农民过去在政治生活中像乳齿象一样懒惰,如今经过这场爆炸的洗礼,摇身一变成为疯狂的社会评论家。

很明显,他们正为失去的购物中心痛惜不已。

费力克斯、我、凯彻姆和希波吕忒在此次归乡旅行中,住在神圣奇迹洞穴外的高档汽车旅馆里,旅馆里的咖啡店每天都有两个穿着挂肩工作装的农民在发传单,就是老约翰·福均在加德满都穿的那种工作装。那辆紫色校车每天都会到旅馆门口接我们，旅馆不在军法管制内。据我所知，米德兰市外方圆八十公里内的汽车旅馆都不在军法管制范围内。

那两位发传单的人每每递出传单都反复说同样的话："请阅读传单，并写信给你信任的议员，告诉他们真相。"差不多一半的顾客看都不看传单一眼，但是我们每人拿了一张。

看过传单之后，我们了解到那个想让我们写信给议员的组织是"西南俄亥俄州理智用核农民协会"。他们称联邦政府想要将欠发达国家等地的难民引渡到米德兰市，为他们打造人间天堂的理想计划是好的，但是没有人知道曾经的居民是如何被埋进市政停车场地下。这是一个谜，但这不该是个谜，"缄默不语的遮掩应被掀开"，公众应该对此有所讨论。

他们曾试着让俄亥俄州西南部以外的人对在米德兰这座小城里发生的惨事给予关注，但他们失败了。据农民讲，在发生这次爆炸事件以前，米德兰市从未被主流电视台报道过。1960年的暴风雪还是有新闻播报的，不过其他时候有没有我不记得了。米德兰市遭遇暴风雪袭击时，所有电源被切断，因此米德兰市上电视这事儿，农民不知道也很正常。

他们错过了！

不过他们并未对传单上的内容做出让步。他们认为，很明显美国如今已经被一小部分权力掮客给控制了，这群人认为大部分美国人都很无聊、无才、无能，因此杀个成千上万人并不可惜，也不需要愧疚。"他们已经用米德兰市证明了这一点。"传单上写道，"谁敢说泰瑞豪特或者斯克内克塔迪不会是下一个呢？"

这绝对是他们最具煽动性的言论了。米德兰市的中子弹爆炸事件不是意外，而是人为；不是从货运卡车里掉出来的，而是从导弹基地或者高空飞机投出来的。他们从所谓"一所极负盛名的大学"里雇来一位数学家，在政府不知情的情况下计算爆炸的发源地。他们表示不能透露数学家的姓名，以免有人对他进行报复。不过爆炸中心靠近州际公路十一号出口，位于地面上方至少十八米这一结论就是他提出的，这是利用爆炸外围牲畜死亡情况建立模型计算出来的结果，意思就是"包裹"是从空中投下的。

要不然就是那辆搬运中子弹的卡车把炸弹放在超大弹跳型烤面包机里。

＊＊＊　　＊＊＊

伯纳德·凯彻姆向那位给我们发传单的农民询问那个可能用中子弹炸毁米德兰市的党派名字，他得到的回答是："他们并不想让我们知道他们的名字，因此他们没有名字。你没法对没名字的东西或人做出反击。"

"军事工业复合体？"凯彻姆油腔滑调地问道，"国际大企业洛克菲勒？中央情报局？还是黑手党？"

那个农民对他说："你喜欢这几个名字？那你随便用哪个指代他们就行。可能就是他们中的一个，也可能不是。我只是一个农民，怎么可能查出来呢？谁都有可能杀了肯尼迪总统和他的弟弟——还有马丁·路德·金。"

由此不难看出，美国人的偏执与多疑，像雪球一样越滚越大，这颗球直径一百六十千米，其圆心是悬而未决的约翰·肯尼迪刺杀案。

"不过你提到了洛克菲勒，"那个农民说，"如果你问我是不是他们，我会说关于谁在操控、事情如何进展，他们知道的还没我多呢。"

***　　***

凯彻姆问他为什么这些匿名的隐形势力会想要消灭米德兰市的人，接下来为什么可能轮到泰瑞豪特和斯克内克塔迪。

"为了奴役！"农民迅速回应道。

"不好意思，您说什么？"凯彻姆问。

农民回答道："他们想把奴隶制度带回来。"他怕被打击报复，拒绝告诉我们他的名字。不过我的直觉告诉我，他是奥斯捷尔人。在神圣奇迹洞穴附近有几个农场主是奥斯捷尔人。

"他们不会放弃的，"这农民接着说，"只要他们还想着这事儿，从长期来看南北战争就不会给美国带来任何本质变化，他们心里很清楚，早晚都会回到奴隶制时期。"

凯彻姆打趣他说，他能理解有些人对于奴隶经济的渴望，尤其现在美国工厂加入国际竞争后遇到各种麻烦。"不过我看不出奴隶和空城有什么联系。"他说。

"我们的意思是，"农民解释道，"那些奴隶不会是美国人，都是从海地、牙买加这样的地方船运过来的。那些地方经济落后，人口过剩，人们需要住所。所以，哪一样更省钱，用那些我们已经有的，还是建新的？"

　　他停顿了一下，为我们的思考留出时间，然后他补充道："你们猜怎么了？你们已经看见围墙和瞭望塔了吧？你们真的认为那堵围墙未来会被推倒吗？"

＊＊＊　　＊＊＊

　　凯彻姆表示他十分希望知道这些邪恶势力的真正身份。

　　"让我大胆地猜一下，"农夫说道，"你们可能会笑话我，因为这些人就是想达到这种效果，最后真相大白的时候，你们才意识到为时已晚。他们不想让任何人担心他们是夺取国家政权的人。而等你们意识到的时候，已经来不及补救了。"

　　这就是他大胆的猜想："三K党^①。"

＊＊＊　　＊＊＊

　　我个人的猜想是，美国政府想要查明这枚中子弹是否真的

---

① 三K党 (The Ku Klux Klan)：美国臭名昭著的民间排外团体，奉行"白人至上"和歧视有色族裔主义，是极端种族主义的代表性组织。

像原来设计的那样无害，因此政府选中了一座无人关注的小城市，这里的市民把时间花在没有意义的事上，这里的企业也濒临破产或向外迁移。然后，他们向这座城市投射了一枚中子弹。毕竟他们没法在别国城市里做爆炸试验，那样很容易引发第三次世界大战。

甚至很有可能是弗莱德·巴利和他所有在军队身居高官的熟人指定米德兰市为中子弹爆炸试验的绝佳地区。

＊＊＊　　＊＊＊

这是我们在米德兰市度过的第三天。终了，费力克斯伤心欲绝，甚至冒着让朱利安·派夫可队长生气的风险请求他在将紫色校车开出大门之前，能稍微绕远去一趟耶稣受难像墓园，让我们能够再看一下父母的公墓。

派夫可一副粗暴狂野、时刻严阵以待的专业军人的外表下，藏着一颗如杏仁蛋白甜饼一般柔软的心，他同意了。

＊＊＊　　＊＊＊

杏仁蛋白甜饼的做法：

烤箱以一百四十八摄氏度预热，其间将一杯糖粉加入一杯杏仁糊中并用手指搅拌均匀，再加入三个蛋白，少许盐，半茶匙香草粉。

在烤板上铺一张烘焙纸，在纸上撒少许砂糖。将搅拌好的杏仁糊倒入裱花袋中，以便将杏仁糊以统一的形状一个个挤到纸上。完成后，再撒少许砂糖。

入烤箱烘焙二十分钟左右。

（提示：烘焙完成后，可将烘焙纸放在湿布上，以便让饼干轻松脱离烘焙纸。）

太酷了。

* * *　* * *

耶稣受难像墓园对我来说从不是慰藉之所，所以我本来是要待在紫色校车里的。不过所有人都下车了，因此我也下车了——为了伸伸懒腰，抻抻筋骨。我漫步到墓园的老区，那片区域基本上在我出生之前就已经客满了。我在满园里最庄严的纪念碑前停下了脚步，那块纪念碑是一块大约高十八米的灰色大理石方尖碑，顶端还有一个石头做的足球。这块碑纪念的是十七岁橄榄球小将乔治·希克曼·班尼斯特，他是在1924年感恩节早上打高中橄榄球比赛时去世的。他生于一个贫苦家庭，但他死的时候有上千人注视着他，其中好多人出资为他买这块方尖碑，不过我父母并不在其中。

他们对体育不感兴趣。

距离方尖碑大概六米处是墓园里最别致的标志物，一块用粉色大理石制成的放射状风冷式飞机引擎，上面还安装了一个青铜螺旋桨。这是威尔·费尔柴尔德的墓碑，他是一战时期拉法叶中队的王牌，机场就是以他的名字命名的。他并未在战时阵亡，而是1922年在米德兰乡村博览会的特技飞行表演时飞机失事，在千万人的注视下，被烧死的。

他是费尔柴尔德家族的最后一脉。这个家族的人个个都是先锋，市里的许多地方都是以此家族姓氏命名；但他没能在死前再一次复刻这样的荣光。

青铜螺旋桨上刻着的是他的名字、生卒日期以及拉法叶中队飞行员在战时使用的死亡的委婉语："归西"。

"西方"，对于身处欧洲的美国人来说，自然是"家"的意思。

现在，他回家了。

我知道老奥古斯特·巩特尔的无首尸体就葬在这附近。这人在我父亲还小的时候就带他去了玉米种植地区最时髦的妓院。真不要脸。

我抬眼望向地平线，那条闪着金光的糖河对岸坐落着我童年的家，它的板岩屋顶是白色的，沐浴在夕阳的投射出的光线中，看起来真的很像日本圣山富士山的明信片。

费力克斯和凯彻姆在距我很远的地方参访年代更近的坟墓。后来费力克斯告诉我，在参拜父母的时候，他克制住了自己的情绪。但当他离开父母的坟墓，走过许多墓碑后停下，他发现自己站在西莉亚·胡佛的坟墓之前。

那位被我射杀的女人，埃勒维茨·梅茨格，也被葬在这片墓园里，但我从未参拜过她。

我听到我哥在西莉亚·胡佛的墓前颓然倒下，扭头一看，发现希波吕忒·保罗·德·米勒正在一旁安慰他。

顺便一提，我当时并不是一个人。一位背着一把荷弹 M-16 的军官跟在我身边，以确保我的手一直放在兜里。我们甚至不能触碰墓碑。费力克斯、希波吕忒·保罗和伯纳德·凯彻姆也必须一直把手放在兜里，不管他们想在这些墓碑间做什么动作，都不得违反此军规。

然后希波吕忒·保罗·德·米勒用克里奥尔语对费力克斯说了些什么。那些话太吓人、太讨厌了，费力克斯的悲伤瞬间就像铁面具一样跌落到地上。希波吕忒·保罗对他说，如果费力克斯真的特别想再见她一面，他可以让西莉亚·胡佛的魂魄从坟墓里走出来。

这就是两种文化之间的碰撞，也可能是我少见多怪了。

对希波吕忒·保罗来说，从坟墓里叫醒一个灵魂是他作为一个极具天赋的形而上学者为他的朋友提供的一个再普通不过的帮助。他并非在提议要挖出一具丧尸，也并不是说要让一具尸体满身泥土裹满破布地到处游荡之类的。他绝无恶意，只是想为费力克斯叫醒一个模糊却能辨认出是谁的灵魂，他可以看它，跟它说话，虽然它并不能给予回应，但多少有可能安慰到他。

但对费力克斯来说，这提议听起来就像这位来自海地的服务生领班想让他变成疯子，毕竟只有疯子看到鬼魂才会欢喜。

于是这两类完全不同的人把手使劲往布兜深处塞，他们的对话夹杂着英语和克里奥尔语，僵持不下、各持己见，而凯彻姆、派夫可队长以及几个士兵就站在一旁看着他们。

希波吕忒·保罗最后感觉十分受伤，便转身离开，朝着我的方向走来。我用头示意他继续向前走，这样我就能向他解释他们之间的误会，对他说我能理解他的想法，也能理解我哥的，诸如此类。

如果他对费力克斯依旧很恼火，那奥洛佛逊酒店就得见鬼去了。

"她什么都感觉不到，什么都不会知道。"他用克里奥尔语对我说。他的意思是，西莉亚的鬼魂并不会对她本人带来任何尴尬或造成任何不适，因为她的鬼魂什么都感觉不到。那个鬼魂只是一个根据西莉亚生前的模样生成的一个无害的幻觉。

"我知道，我明白。"我安抚道，并对他解释说费力克斯最近对很多事情都感到很郁闷，希波吕忒·保罗对费力克斯说的话太耿耿于怀了，这是没有必要的。

希波吕忒·保罗忧郁地点点头，但接着他又神采奕奕了。他说这墓园里一定有我想要再见到的人。

当然，跟在我们身边的士兵听不懂我在说什么。

"你人真好，"我用克里奥尔语回应道，"你真的太慷慨了，不过我不想见谁。"

不过不论我们想不想看，这位老服务生领班铁了心要展示他的奇迹。他极力向我们证明，不论是为了过去住在这里的人，还是未来要生活在这里的后代，我们都应该唤醒那种具代表性的鬼魂，让他们在城市里游荡。

因此，为了酒店的未来，我同意他唤醒一个人的魂魄，但范围仅限于我们脚下的这片区域，因为埋在这里的人我都不认识。

于是他唤醒了威尔·费尔柴尔德的魂魄。这位老特技飞行员全副武装，戴着一副护目镜，围着一条白色围巾，戴着一顶黑色的皮制头盔等，但没背降落伞。

我记得之前有一次父亲跟我提过："如果威尔·费尔柴尔德背着降落伞，他一定能活到今天。"

这可是希波吕忒·保罗·德·米勒送给即将要定居在米德兰市的人的礼物：威尔·费尔柴尔德永不安息的魂魄。

而我，鲁迪·沃茨，"米德兰市的威廉姆·莎士比亚"，唯一一个在这里生活和工作过的严肃戏剧家，要在这里给后代献上一份礼物、一个传说。我已经想好为何威尔·费尔柴尔德的魂魄有可能出现在任何地方——空荡荡的艺术中心、银行大厅、埃文代尔的蜗居房外、费尔奇尔德高地的豪华住宅外、屹立多年不倒的公共图书馆旁的空荡的停车场……

因为威尔·费尔柴尔德正在找他的降落伞。

* * *　　* * *

你知道吗？我们依旧身处黑暗时代。黑暗时代——还没结束呢。

图书在版编目（CIP）数据

神枪手迪克 /（美）库尔特·冯内古特著；刘韶馨译. — 成都：
四川文艺出版社, 2018.1
ISBN 978-7-5411-4340-3

Ⅰ.①神… Ⅱ.①库… ②刘… Ⅲ.①长篇小说—美国—现代
Ⅳ.①I712.45

中国版本图书馆CIP数据核字(2017)第307577号

著作权合同登记号 图进字：21-2017-700

Jailbird: A Novel by Kurt Vonnegut
©Kurt Vonnegut / The Dial Press 2009
This translation published by arrangement with Dial Press, an imprint of Random
House, a division of Penguin Random House LLC, through Big Apple Agency,
Inc., Labuan, Malaysia.

SHEN QIANG SHOU DI KE
神枪手迪克

[美] 库尔特·冯内古特 著
刘韶馨 译

出 品 人	刘运东
特约监制	黄 琰
责任编辑	程 川 周 轶
特约策划	黄 琰
责任校对	汪 平
特约编辑	赵璧君 张盛楠
封面设计	时 间 QQ:450611716

出版发行 四川文艺出版社（成都市槐树街2号）
网　　址 www.scwys.com
电　　话 028-86259287（发行部）　028-86259303（编辑部）
传　　真 028-86259306

邮购地址 成都市槐树街2号四川文艺出版社邮购部　610031
印　　刷 三河市佳星印装有限公司
成品尺寸 145mm×210mm　1/32
印　　张 8.5　　　　　　　　　　字　数 170千字
版　　次 2018年1月第一版　　　　印　次 2018年1月第一次印刷
书　　号 ISBN 978-7-5411-4340-3
定　　价 38.00元